日雇い浪人生活録㈦

金の記憶

上田秀人

時代小説文庫

角川春樹事務所

目次

江戸のお金の豆知識⑦

下級武士の年間収支

下級武士の暮らしは厳しかった。例えば、俸禄米（切米《きりまい》）が手取りで25石（1石=約1両）の場合、庶民であれば楽に暮らせる収入であるものの、武家としての体裁を保つには足りず、苦労する家が多かったといわれる。本資料では、武家としての外面は保ちつつ、内実は切り詰めて暮らす一家の暮らしをイメージし、表にした。

設定

時代：寛延・宝暦（1748〜1764）のころ
一家の構成：本人、妻、子、下男、下女の計5人
年収：27両=俸禄米18石、扶持米（三人扶持として）5石、内職4両
　＊このうち、扶持米4石分を家内で消費。

年間の支出（概算）	
札差手数料（俸禄米を現金化）	3分
下男下女の給料	4両
衣料費、髪結い代等	3両
食費	3両
光熱費（薪炭、行灯油等）	1両
教育費（寺子屋、紙代等）	1両
慶弔費、付け届け等	4両
小遣い（飲み代等）	3両
その他雑費	2両
貯蓄	1.5両前後

＊災害や病気など不測の事態があれば赤字となるぎりぎりの暮らし

※この表は、江戸後期（享保以降）の資料をもとに作成したものです。
同じ資料から事例を拾うのは困難であるため、複数の資料を参考にしました。

主な登場人物

諫山左馬介《いさやまさまのすけ》……親の代からの浪人。日雇い仕事で生計を立てていたが、分銅屋仁左衛門に仕事ぶりを買われ、月極で雇われた用心棒。甲州流軍扇術を用いる。

分銅屋仁左衛門《ふんどうやにざえもん》……浅草に店を開く江戸屈指の両替屋。夜逃げした隣家（金貸し）に残された帳面を手に入れたのを機に、田沼意次の改革に力を貸すこととなる。

喜代《きよ》……分銅屋仁左衛門の身の回りの世話をする女中。少々年増だが、美人。

加賀屋《かがや》……江戸有数の札差。分銅屋と敵対している。

徳川家重《とくがわいえしげ》……徳川幕府第九代将軍。英邁ながら、言葉を発する能力に障害があり、側用人・大岡出雲守忠光を通訳がわりとする。

田沼主殿頭意次《たぬまとのものかみおきつぐ》……亡き大御所・吉宗より、「幕政のすべてを米から金に移行せよ」と経済大改革を遺命された。実現のための権力を約束され、お側御用取次に。

お庭番……意次の行う改革を手助けするよう吉宗の命を受けた隠密四人組。明楽《あけら》飛騨《ひだ》、木村和泉《いずみ》、馬場大隅《おおすみ》と、紅一点の村垣伊勢《むらがきいせ》（＝芸者加寿美《かすみ》）。

安本虎太《やすもととらた》、佐治五郎《さじごろう》……目付の芳賀と坂田の支配下にあり、独自に探索も行う徒目付《かちめつけ》。

佐藤猪之助《さとういのすけ》……もと南町奉行所定町廻り同心。御用聞きの五輪《いつわ》の与吉《よきち》に十手を預けていた。家士殺害の下手人として左馬介を追い、失職した。

表デザイン　五十嵐　徹
（芦澤泰偉事務所）

日雇い浪人生活録〈七〉

金の記憶

第一章　日々の糧《かて》

一

晴天は浪人への恵みである。

「土こね人足、一日三百文」

「酒屋の荷揚げ、一日四百文」

普請場《ふしんば》や河岸《かし》近くでは多くの求人が叫ばれている。

「土こねで三百文は安すぎる」

「衣服が泥で汚れるのだ。洗い張りの代金も足してくれ」

「拙者《せっしゃ》がいたすぞ。土こねは得意じゃ」

「酒樽《さかだる》は重いわ。腹が減るゆえ、昼飯を出してもらいたい」

「膂力《りょりょく》には自信がある。普通の人足の二人分は働くぞ」

集まっていた浪人たちが、今日の食い扶持《ぶち》にありつこうと口々に主張した。

「それじゃあ、おめえさんとそちらの方、わたくしに付いて来てくださいな」

酒屋の番頭が二人の浪人を指名した。

「おうよ」

「助かる」

二人の浪人が嬉々《きき》として従った。

「待て、待て、待て」

喜んだ二人の前に一人の大柄な浪人が割りこんだ。

「なんでございますか」

番頭が嫌そうな顔をした。

「なぜ、こんな痩《や》せ犬のような者を選ぶ。拙者を見ろ。この腕の太さを」

割りこんだ大柄な浪人が袖《そで》まくりをし、腕の肉を盛りあげて見せた。

「御免蒙《こうむ》ります。作業中に商品の口を開けて、盗み呑《の》みされるような方は、信用がおけません」

「な、なにを申す。拙者は初めてだぞ、そなたの店で仕事をするのは」

大柄な浪人が慌てた。

「何軒の店でなさいましたか。一つや二つではございませんでしょう。すでに回状《かいじょう》が出てます」

懐《ふところ》から番頭が人相などの特徴が描《か》かれた紙を出した。

「そんなものが……」

さっと大柄な浪人の顔色が変わった。

「少なくともこの付近では、お仕事を頼む者はおりませんよ。さあ、参りましょう」

冷たく言い捨てた番頭が、雇った二人の浪人を促した。

「…………」

それをもの欲しげに見つめていた大柄な浪人が、次の仕事をと周囲を見たときにはすでに遅かった。

「決まってしまった」

それぞれの親方のもとに浪人や日雇い稼ぎの男が集まって、仕事の内容を聞いている。もう、人探しの声はなくなっていた。

「……ああ」

肩を落として大柄な浪人が背を向けた。

「……あれが浪人」

その様子を村垣伊勢《むらがきいせ》が見ていた。

村垣伊勢は、世を忍ぶ仮の姿柳橋芸妓《やなぎばしげいぎ》の加壽美《かすみ》として客の誘いを受け、根岸《ねぎし》まで泊まりがけで遊びに行った帰りであった。もちろん、芸は売るが枕《まくら》はしない芸妓として知られた加壽美である。客と二人きりになるような遊びには参加せず、三味線や鼓《つづみ》などの地方《じかた》も含めての宴席であった。もちろん、客としては、その財力を見せつけて加壽美を口説き落とそうとの策であったが、端《はな》からその希《のぞ》みはない。

「人を出し抜き、すこしでも楽に金を稼ごうとする」

汚いものを見るような目で村垣伊勢が浪人たちを非難した。

「なんとか仕事をくれ。妻子がおるのじゃ」

まだ身形《みなり》の綺麗《きれい》な浪人が遅れてきてわめいた。

「これでも去年まで某藩《ぼうはん》で勘定方《かんじょうかた》をしておったのだ。算勘《さんかん》には明るい。どこぞで帳面付けを求めてはおらぬか」

なんでもいいと言いながらも、力仕事を身綺麗な浪人は嫌がった。

「浪人になったばかりか……」

村垣伊勢がそちらに注意を引かれた。

すでに武家の経済が破綻《はたん》し始めて百年近くになる。幕府によって天下が定められ、私戦は禁止された。

つまり、領土を増やす機会がなくなった。

そもそも武士は戦って敵を倒し、その支配地を奪うことで大きくなった。本質は簒《さん》奪者《だっしゃ》なのだ。

それが幕府という重石《おもし》によって防がれてしまい、増収の主たる手段が封じられた。

もちろん、領土のなかを開発することは問題ないどころか、推奨されている。新田開発、殖産、交易の中継地点となるべく港や街道の整備、領地を富ませる方法はいくつもある。

しかし、それらもやり尽くしてしまった。

これ以上、収入を増やすのは難しい状況に大名たちは陥《おちい》っていた。

だが、そんな事情など勘案してくれることなく、物価は上がり続けていく。収入は頭打ちなのに支出は増え続ける。当然、どこかで赤字になる。

「倹約こそ、武士の本質」

そんなとき、幕府に八代将軍吉宗《よしむね》が現れた。

紀州《きしゅう》藩の大赤字を解消した吉宗は、そのときと同じ倹約を幕府へ、いや天下へ持ちこんだ。

「収入の範囲で支出をすればいい」

たしかに正論ではある。なれど、それには大きな問題があった。固定支出が収入をこえている場合、まったく不可能になるのだ。

そして、大名にとって固定支出とは、家臣たちの禄《ろく》や扶持であった。

「十分の一を借り上げる」

最初は禄の一割を家臣たちに上納させた。召し上げでは恥ずかしいので、あくまでも一時的に借りているだけだという体《てい》を取ったが、もとより返せるあてなどない。

そういった借財の常は決まっている。

「借り上げを十分の三に」

「半知《はんち》借り上げる」

どんどんと借り上げが増えていく。

千石もらっていた者ならば、半分減らされても五百石ですむ。贅沢《ぜいたく》をしなければ、生きていくのに支障はないが、もとが五十石だとか二十石だと生きていけるかどうかの問題になる。

「内職を勧めはせぬが……」

家臣を喰《く》わせていけないならば、副業を認めるしかなくなる。さすがに遊女屋を経営するとか、金貸しをするとかは認められないが、妻娘が機織《はたおり》をしたり、当主が傘張りをしたりするのは黙認される。

そうしてもやっていけないのが大名である。大名には見栄《みえ》があり、収入が減ったからといって、従来のつきあいを減らすわけにはいかない。

家臣の命を削っての借り上げも半知以上は無理である。

「なんとかせねば、領地を持つ者にふさわしくないと咎《とが》めを受ける」

幕府は大名を虎視《こし》眈々《たんたん》と狙っている。由比《ゆい》正雪《しょうせつ》の乱で痛い思いをした幕府は、前ほど大名を潰《つぶ》さなくなったが、そのぶん、減知や転封《てんぽう》をまめにするようになっていた。

「領内不穏の風あり。十万石を五万石に減らす」

十万石を治められないのだから、減らしてやる。

「上様のお考えにそぐわぬをもって、奥州棚倉《おうしゅうたなぐら》への転封を命じる」

石高《こくだか》は同じだが、実高は大いに違う。表高《おもてだか》六万石とされる棚倉は、その厳しい風土のため実高は五千石ほどしかなく、ここへの転封は懲罰とまで言われていた。

こういう咎めは幕府にとって便利であった。

潰すわけではないので、反発は起こりにくい。さらに減らした石高の分を幕府の収入にしたり、功臣への褒美《ほうび》にできる。

幕府にとっては利になっても、喰らうほうはたまらない。

「なんとか金を」

藩の上層部が頭を痛め、やがて気づく。

「戦国でもないのに、家臣が多すぎる」

戦いは数で左右されることが多い。衆寡敵《しゅうかてき》せずは、よほどでないかぎりひっくり返らない。その代表として知られる織田信長《おだのぶなが》と今川義元《いまがわよしもと》の戦いも、織田が総力を挙げて襲ったのは、今川義元の本陣であり、二万五千とも言われる大軍に五千足らずで挑んだわけではない。織田信長は五千弱の兵で今川義元直衛五千を襲撃しただけであり、数の差はほとんどなかった。

「役に立たぬ者に暇を出せば、禄が浮く」

こうして大名は人減らしを始め、浪人が少しずつ増えていった。

「浪人になったばかりの者でさえ、あれほど卑屈なのだというに、親の代から浪人だという諫山《いさやま》は下卑《げび》ていない」

村垣伊勢が首をかしげた。

「……それにあやつの使う鉄扇術《てつせんじゆつ》とかいうのも妙だ」

歩き出した村垣伊勢が独りごちた。

「鉄扇術があるのは良い。手裏《しゆり》剣《けん》術や串打《くしう》ちなどもあるからな」

珍しい武道というのは少なくない。袖振り術などというどうやって戦うのだというのもある。振り袖の下に鉛の玉を縫い付け、袖を振り回してその鉛玉で相手の顔や頭、得物《えもの》などを打つというものらしいが、どういう状況で使用されるのかわからない。

「鉄の扇《おうぎ》など、武器としては遣《つか》えぬ。太刀《たち》ほどの長さもなく、鋭さもない。あるとしたら、持ち歩いていても不審に思われないていど」

村垣伊勢がわからないと首を左右に振った。

「持っていて不思議ではないものが、必殺の武器になる。暗器《あんき》がそうだ」

さりげなく村垣伊勢が簪《かんざし》に触れた。

芸妓は寸鉄もおびない。だが、客のなかには女と侮《あなど》って、無体を仕掛けてくる者もいる。そういったときにむざむざ貞操を奪われないよう簪はあった。見た目は派手やかな飾りが付いているが、その先は尖《とが》っている。いざというとき、簪を抜いて迫り来る男の目を突くのだ。

このとき、喉《のど》ではなく目を突くのが心得とされている。喉を突いてしまうと、いかに女の身を守るためであっても、人殺しの罪を避けることはできないからであった。

「鉄扇も暗器……」

ふと村垣伊勢が思いあたった。

「まさか……あいつの親は……」

村垣伊勢が眉間《みけん》にしわを寄せた。

扇は貴人の前に出るため両刀を外さなければならないときでも、疑われることなく帯に差しておける。

「扇の両端だけ紙で仕立て、なかを鉄にすれば、見た目も不自然ではなくなる」

思わず村垣伊勢が立ち止まった。

「諫山の父は忍《しのび》……」

村垣伊勢が目を細めた。

忍の歴史は古い。発祥はいつに遡《さかのぼ》るかわからないが、史書に初めて登場するのは、飛鳥《あすか》のころになる。かの聖徳太子が志能便《しのび》と呼ばれる者を駆使したと記されている。

以降、忍は歴史の闇のなかに生き続けてきた。影だった忍が活躍したのは、戦国期になる。伊賀者《いがもの》、甲賀者《こうかもの》だけでなく、伊達《だて》の黒はばき、上杉《うえすぎ》の軒猿《のきざる》、島津《しまづ》の捨てかまり、朝廷の八瀬童子《やせのどうじ》、武田《たけだ》の歩き巫女《みこ》、北条《ほうじょう》の風魔《ふうま》と枚挙し出せば暇《いとま》がない。

徳川も三河乱破《みかわらっぱ》を抱えていた。

「忍ほど怖《おそ》ろしいものはない」

天下を手にした徳川家康《いえやす》は、忍の有用性を熟知していた。そのため、幕府に忍を取りこんだ。甲賀組、伊賀組、根来《ねごろ》組などがそうである。

そのうえ、大名たちが抱えていた忍たちを廃させるように働きかけた。別段忍を捨てよと命じなくてもいい。活躍する場を奪えば、いつのまにか消え去るのが忍である。腕を見せる場がなくなれば、鍛錬《たんれん》しなくなる。一子相伝《いっしそうでん》の技ほど途絶えさせるのは容易《たやす》い。

事実、風魔は夜盗に堕《お》ちて討伐され、歩き巫女は遊女へと代わった。朝廷の八瀬童子はその財力を奪ったことで、勢力を大いに減じている。

「忍だとすれば、どこだ」

いまだに鉄扇術などという暗器を遣った技を伝えている忍が続いているとあれば、捨て置けなかった。

「上様に拝謁《はいえつ》する大名に、あるいは旗本にこの術が……」

村垣伊勢が汗を掻《か》いた。

「……………」

裾《すそ》を乱さないようにしながら、村垣伊勢が走った。

二

田沼意次《たぬまおきつぐ》と分銅屋《ふんどうや》仁左衛門《にざえもん》が手を組んだ策に次から次へと獲物がかかってきた。

「そのほうが分銅屋か」

威風堂々たる押し出しの壮年の武家が、浅草《あさくさ》門前町の分銅屋を訪れた。

「はい。わたくしが当家の主《あるじ》、分銅屋仁左衛門でございまする」

どれほど金を持っていようとも、天下の寵臣《ちょうしん》田沼主殿頭《とのものかみ》意次と親しいといえども、身分はあくまでも商人でしかない。

分銅屋仁左衛門が腰を低くして迎えた。

「そのほうの手元に見事なる珊瑚《さんご》玉《だま》があると聞いた。それを購《あがな》いたい」

壮年の武家がいきなり用件に入った。

「なにかお間違えではございませんでしょうか。わたくしどもは両替商でございまする。珊瑚玉をお求めでございましたら、小間物屋か唐物《からもの》屋へお出ましを」

肚《はら》のなかでため息を吐《つ》きながら、ていねいに分銅屋仁左衛門が断った。

「隠すな。すでに当方は知っておるのだ」

「知っていると仰せになられましても……そちらさまとわたくしどもはおつきあいはございません」

困惑した振りで分銅屋仁左衛門が武士を誘導した。

「聞いたのだ。見事な赤珊瑚玉がそのほうの手元にあるとな」

「それは困りました。そのような適当なことをそちらさまのお耳に入れたのはどなたさまでございましょうや」

分銅屋仁左衛門がもっとも聞きたいことを口にした。

「松浦屋《まつうらや》じゃ、存じおろう」

「……松浦屋さんでございますか。はて、番頭さん、おまえは知っているかい」

武士の答えに怪訝《けげん》な顔をした分銅屋仁左衛門が番頭へ問うた。

「いいえ、存じませぬ。しばし、お待ちを。念のため」

一度首を左右に振った番頭が、得意先を記した帳面を繰った。

「……ございませぬ」

「そうかい。ご苦労だね」

否定した番頭をねぎらって、分銅屋仁左衛門が武士に向き直った。

「どうやら、店違いだと思われまする」

「なにっ。松浦屋を知らぬと申すか」

武士が驚いた。

「他の分銅屋さんと混同をなさったのではございませんか。松浦屋さんは」

分銅屋仁左衛門が水を向けた。

「他に分銅屋という店があるのか」

「ございまする」

分銅屋というのは、江戸に多い伊勢《いせ》屋、相模《さがみ》屋などに比べて少ないが、分銅屋仁左衛門だけではなかった。

「どこにある」

「何軒もございまして、そのすべてを存じあげているわけではございません。もう一度、松浦屋さんでご確認いただいたほうが……」

紹介して面倒に巻きこまれるのは嫌だと分銅屋仁左衛門が逃げた。

「それはそうじゃ。邪魔をしたの」

武士が詫《わ》びを言って帰った。

「よろしかったのでございますか」

欺《だま》した形になることを番頭が懸念《けねん》した。

「嘘《うそ》は言ってないよ。珊瑚玉はすでに手元にないしね」

田沼意次から預かった宝物は三点、珊瑚玉と利休《りきゅう》作といわれる茶杓《ちゃしゃく》、銘石《めいせき》の硯《すずり》である。そのうちの一つを分銅屋仁左衛門は三百両で売ったとして、田沼意次へ金を渡している。

「怒鳴りこんでくるぞ」

表と奥の境で万一に備えていた分銅屋の用心棒諫山左馬介《さまのすけ》があきれた。

「来ても同じ話をするだけでございますよ」

分銅屋仁左衛門が気にしていないと応じた。

「主家の名前を出さないでしょう」

「そういえば、名乗りもなかったな」

言われて左馬介が気づいた。

「名前を出すのがつごう悪いのですよ。たぶん、あの珊瑚玉をどこぞへの賄《まいない》代わりにするつもりなのでしょう。相手も金よりは受け取りやすいですからね」

分銅屋仁左衛門が推測した。

「珊瑚玉だと受け取りやすいのか」

「お武家さまはなぜか金を汚いものとされますからね。大好きなくせに、目の前に金を積まれると怒られる方がおられまして」

不思議そうな顔をした左馬介に分銅屋仁左衛門が苦笑した。

「己の値段を付けられている気がするのだろう」

左馬介が告げた。

「なるほど。十両でも百両でも相手に値踏みされたことになりますな」

分銅屋仁左衛門が左馬介の感想に手を打った。

「吾《われ》なんぞ、一両どころか一分《ぶ》でもうれしいし、ありがたいがな」

「それが普通なのでございますがね。一分でも稼ぐには、名匠《めいしょう》といわれる職人が一日働いてようやくという金額。徒《あだ》やおろそかにはできません」

左馬介の言葉に分銅屋仁左衛門がうなずいた。

「ところで、諫山さま。松浦屋という名前にお心当たりはございませんか」

「松浦屋かあ。一軒だけ知っている。三年前にそこの造作の手伝いをした」

問われた左馬介が思い出した。

「なにを扱っているお店でしたかね」

「たしか……南蛮甘味《なんばんかんみ》だったか」

「ほう、甘味ですか。となれば贈答品ですねえ。ほぼ、決まりですな」

砂糖は高価であり、それを使った甘味も庶民には高嶺《たかね》の花であった。

「店は六本木《ろっぽんぎ》だったぞ」

「随分と遠いですな」

述べた左馬介に分銅屋仁左衛門が怪訝な顔をした。

「いつも使ってくれていた大工の棟梁《とうりょう》がその普請《ふしん》を請け負ってな。声をかけてくれたのよ。遠いからと日当の割り増しもくれたので、ありがたかった」

左馬介が懐かしそうに語った。

六本木は浅草門前町からかなり離れている。それこそ江戸城の堀をぐるりと巡らなければならなかった。

「それだけ、諫山さまが真面目《まじめ》にお勤めだったという証《あかし》ですな」

分銅屋仁左衛門が褒《ほ》めた。

「ですが、それであのお武家さまの正体にもあたりが付けられましたな。六本木といえば、青木、上杉、一柳《ひとつやなぎ》、朽木《くつき》……あとどなたでしたか」

「高木《たかぎ》と片桐《かたぎり》だ」

ど忘れした分銅屋仁左衛門に左馬介が続けた。

六本木は、家名に木にかかわる文字が入っている大名が六家あったことからそう名付けられた。井伊《いい》、尾張《おわり》徳川、紀州徳川の屋敷が接しているところから紀尾井《きおい》坂となったのと同じであった。

「そうでしたな。たぶん、そのどなたかが珊瑚玉を大奥へ贈るのでしょう」

「大奥か。老中でもないところへ賄《まいない》を贈って、効果はあるのか」

左馬介が疑問を呈した。

「女の怖ろしさは、十分にご存じだと思いましたが……」

分銅屋仁左衛門があきれた。

「……うっ」

左馬介が詰まった。

「柳橋の加壽美姐《ねえ》さん、うちの女中の喜代《きよ》、二人でも厳しいでしょう」

「答えにくいことを言われるな」

どこで聞いているかわからない。喜代は店のなかにいるし、加壽美こと村垣伊勢は女お庭番で天井裏や床下に忍ぶなど平気である。ここで認めれば、どういうしっぺ返しが来るかわからなかった。

左馬介が苦い顔をして逃げた。

「その怖い女が千人からいるのでございますよ」

「千人……」

分銅屋仁左衛門が口にした数に左馬介が絶句した。

「しかも将軍さまのお手つきのご側室《そくしつ》も大奥におられる」

「たまったものではないの」

追加した分銅屋仁左衛門に左馬介がため息を吐いた。

「その大奥から、なにか言われたら……ご老中さままでも無視はできますまい」

「したら、えらい目に遭いそうだ」

分銅屋仁左衛門の説明に左馬介が同意した。

「さて、では、出かけましょう」

「田沼さまのところだの」

「はい」

念を入れた左馬介へ分銅屋仁左衛門が首肯《しゅこう》した。

浅草門前町の分銅屋を出て、二人は呉服橋御門《ごふくばしごもん》を目指した。

「どうでございますか」

前を見ながら分銅屋仁左衛門が尋ねた。

「みょうな気配は感じないが、あんまり信用せんでくれ。武芸は飾りだからな」

口だけで左馬介が応じた。

「いえいえ、十分でございますよ。今はお日さまのあるお昼。他人目《ひとめ》も山ほどありますからね。いたところでなにもしては来ないでしょう」

「だったら気にせずともよいだろう」

分銅屋仁左衛門の答えに左馬介が首をかしげた。

「知っているのと知らないのでは、違いましょう。こちらの心構えが」

「……なるほど」

左馬介が納得した。

「さて、相変わらずの行列で」

呉服橋御門を入ったところにある田沼主殿頭意次上《かみ》屋敷には、陳情を持ちこもうとする大名、役人、商人が行列を作っていた。

「水売りまで出ているぞ」

左馬介が驚いた。

「並んでいても喉は渇きますからね」

分銅屋仁左衛門が当たり前のことだと流した。

陳情の行列は、身分、役職にかかわりなく、並んだ順番というのが決まりであった。途中で抜けてしまえば、また最後尾へ並び直すことになる。行列から離れられないからこそ、より喉は渇く。

「一杯四文で」

水売りが茶碗《ちゃわん》を突き出していた。

「高いな。茶店で座れるぞ」

左馬介が唖然《あぜん》とした。

茶店で床几《しょうぎ》に座って、茶碗一杯四文が通常であった。それを、立ったままで呑ませるただの水を同じ値段で売っていた。

「あれも商いでございますよ。せいぜい二文がいいところだと皆わかってますが、他に手段がなければ支払うしかありません」

分銅屋仁左衛門が水売りを肯定した。

「もっともわたくしは呑みませんがね。門番の方に頼めば、水くらいもらえますから」

分銅屋仁左衛門がわざと大きな声を出した。

「なっ」

水売りが顔色を変えた。

「まことか、それは」

色あせてはいるが、ていねいに熨斗目《のしめ》をあたった羽織を身につけている老齢の武士が確かめるように問いかけた。

「もちろんでございますよ。田沼さまにお出入りを許していただいておりますが、お気遣いはわたくしのような者にまでくださいます。そのようなお方が、並んでおられるお歴々のことを気になさらないはずはございませぬ」

分銅屋仁左衛門が田沼意次を持ちあげた。

「そうか。いや、そうじゃな。そうでなければ上様のお目に留まるまい」

老齢の武士が感心した。

「申して参りましょう」

「頼めるか。いや、ありようは朝からなにも飲み食いをしておらぬのだ。老齢の身には厳しいが、儂《わし》にはかなわなかったご奉公を孫にはさせてやりたくてな。今日はご非番でお屋敷におられると聞いての。主殿頭さまのご慈悲にすがろうと夜明けとともに並んだのよ」

孫を役付きにしたくて早朝から並んでいると老齢の武士が語った。

「それはそれは。お疲れでございましょう。もうすぐ御番のようでございます。あと少し、お気を張られますよう」

「うむ」

慰める分銅屋仁左衛門に老齢の武士がうなずいた。

「では……」

「待ちやがれ」

老齢の武士に別れを告げ、上屋敷に入ろうとした分銅屋仁左衛門に水売りが絡《から》んできた。

「人の商《あきな》いを邪魔するなんぞ、仁義を知らねえな、てめえ」

水売りが分銅屋仁左衛門に凄《すご》んだ。

「おまえの相手は拙者だ」

すっと左馬介が割りこんだ。

「うっ……」

左馬介に邪魔された水売りがひるんだ。

「商いというのはね。相手の弱みにつけこむんじゃないんだよ。儲《もう》けは要《い》る。赤字を出してまで売る奴《やつ》は馬鹿だ。でも、暴利をむさぼるようじゃ長続きしないよ。ここで一杯四文の水が売れるとわかったら、明日三文で売る者が出てくる。もとがただみたいなものじゃないか。ここまで運んでくる手間だけだろう。三文でも儲けは出る。そうなれば、誰もおまえさんの水なんぞ、買わないよ」

「そうしたら三文で売ればいい」

諭《さと》す分銅屋仁左衛門に水売りが反論した。

「先ほどまで四文で売っていた者が、三文で売る競合者が出てきたので値下げしました。そう言って看板を書き換えて、はたして皆が買ってくれますかね。暴利を取っていたとわかった相手に、さらなる儲けを与えたいと思う人なんぞ、いませんよ」

「……………」

水売りが正論に黙った。

「田沼さまの御門前で金儲けを考えるなら、もうちょっと大きなことをなさってはいかがで」

「大きなこと……」

「そこから先は、ご自身でどうぞ。知りたければ、相応のお金をいただきますよ」

考えこんだ水売りに分銅屋仁左衛門が笑いかけた。

「分銅屋、お呼びぞ」

門番が分銅屋仁左衛門を手招きした。

「これはいけません。訪《おと》ないを入れる前に呼ばれてしまいました」

来ていながら、他のことにかまけて来訪を報告していないのは無礼に当たる。あわてて分銅屋仁左衛門が屋敷のなかへと足を踏み入れた。

「……わざとだな」

残った左馬介が口のなかで呟《つぶや》いた。

「出てくるか、第二、第三の秋田屋が」

分銅屋仁左衛門が目立つようなまねをしたのは、かつて左馬介を買収して分銅屋仁左衛門の内情を探らせようとした秋田屋と同様の連中をあぶり出すためであった。

「お武家さま」

並びを同行していた手代に代わらせた商人が左馬介に近づいてきた。

「来たか……なにかの」

面倒くさいという不満を肚《はら》に隠して、左馬介が応対した。

「あのお方はどこのお店の主どのか」

でっぷりと太った商人が訊《き》いた。

「おぬしは……」

浪人は庶民ではあるが、いつか主持ちになって武士に戻るという思いを持っていることから、町人に対して尊大な態度を取ることが黙認されている。

「……これは失礼をいたしました。わたくしは里見屋《さとみや》と申しまする」

一瞬、浪人からの尊大な対応に鼻白《はなじろ》んだ商人だったが、普通に名乗った。

「先ほどのは、分銅屋でござる」

求めた問いに答えられた以上、黙っているわけにはいかなかった。それに行列している者が皆耳をそばだてているとわかったこともあり、左馬介は正直に伝えた。

「分銅屋さん……浅草で両替商をしている」

「いかにも」

左馬介がうなずいた。

「分銅屋さんは田沼さまの……」

「出入りである」

確かめるような里見屋に左馬介は首を縦に振った。

「分銅屋さんは両替商として出入りを許されておられる」

「いかにも」

余計なことは言わないよう、左馬介は短い応答を繰り返した。

「ぶしつけなことを伺いますが、両替商さんがお側《そば》御《ご》用取次《ようとりつぎ》さまのお出入りになるというのはなぜでございましょう」

里見屋が首をかしげた。

「そのようなことは知らぬ」

あっさりと左馬介は切って捨てた。

「……旦那さま」

並んでいた手代が、里見屋になにやら合図を送った。

「…………」

不満そうな顔をしながらも、里見屋が懐から紙入れを出して、一分差し出した。

「あとでお疲れ休めにでもお使いくださいな」

「不要」

ちらと一分金を見て左馬介が受け取りを拒んだ。

「旦那さま、代わってくださいませ」

手代が声を大きくした。

「……任せるよ。まったく、痩せ犬の分際《ぶんざい》で」

文句を言いながら里見屋が行列へ戻った。

「申しわけございません。わたくし里見屋の手代で与五郎《よごろう》と申しまする」

「諫山だ」

手代の名乗りに左馬介が返した。

「畏《おそ》れ入りますが、ちとこちらへ」

手代が門から少し離れたところへ左馬介を誘導した。

「先ほどは失礼をいたしました。こちらはお詫びでございまする」

手代がさっと小判を出して、左馬介の袖へ落とした。

「すまんな」

左馬介が受け取った。

「で、分銅屋のことであろう」

「お願いできましょうや」

手代が喜んだ。

「分銅屋が田沼さまからお出入りを許されたのは、毎日のように集まる金をまとめるためじゃ」

「まとめるとは……」

「小判だけならばまだいいが、大判や分金《ぶきん》のときも多いらしい。その大判や分金をお預かりして小判にいたすのだ」

小判の数倍の大きさをもつ大判は金座《きんざ》後藤《ごとう》家で作られているが、その発行枚数は少なく、ほぼ流通していない。一応幕府は大判を十両としているが、あまりに出回らないためと金額が大きすぎて使いにくいなどの欠点を加味した結果、両替商では七両二分として扱われていた。

「なるほど。たしかにこれだけの方が毎日、毎日並ばれるのですから、そういった御用はございましょう」

手代が首肯した。

「ところで諫山さま」

「なにか」

すっと目を細くした手代に、左馬介が緊張することなく応じた。

「両替だけなのでございましょうか。先ほどもお見えのようでしたが、手ぶらのような……」

「その辺はよく知らぬが……拙者がこちらへ供してきたのは、二度目である。二度とも拙者はなにも預かっておらぬし、他の奉公人も付いては来ておらぬ」

金を運用しているのではないかと暗に訊いてきた手代に左馬介は匂《にお》わせた。

「さようでございましたか。ありがとうございました」

手代がそれ以上問うことなく、左馬介を解放した。

「これでよかったのかどうか、後で分銅屋どのに訊かねばの」

もらった金は懐に入れていいと言われている。左馬介は袖に入れられた小判を大事そうに握りしめた。

三

分銅屋仁左衛門は田沼意次との会談に臨んでいた。

「……ということでございまする」

「松浦屋か。むう、どことつきあいがあるのか、余にはまったくわからぬ。家政は完全に用人《ようにん》任せじゃ」

報告を受けた田沼意次が頬をゆがめた。

「お問い合わせになってみてはいかがでございまするか。ご用人さまに」

「井上《いのうえ》にか」

分銅屋仁左衛門の提案に田沼意次が思案に入った。

田沼家の用人井上伊織《いおり》にも内通の疑いはかかっていた。田沼意次から預かった宝物を表に出してさえいないのに、売ってくれと求める客が分銅屋に押し寄せたことで、情報漏れが懸念され、それへの対処として二人は頻繁《ひんぱん》に顔を合わせて打ち合わせをしなければならなくなっていた。

「もし、つきあいがあるならば、いささかの反応は見られるかと」

「顔色を見るか。よかろう。全員を疑っていかねば、身動きは取れぬ」

分銅屋仁左衛門の勧めに田沼意次が乗った。

田沼意次はもと六百石であった。それが九代将軍家重《いえしげ》の重用を受けて、今では五千石の大身《たいしん》である。当然、家臣の数も五千石に応じたものにしなければならず、新規召し抱えを派手におこなった。

もとの六百石では、侍身分は三人ですんだ。しかし、五千石だと軍役《ぐんえき》にかなり融通が効く今でも騎乗できる身分の侍が五人、徒《かち》が二十人以上要る。

つまり、田沼家で譜代《ふだい》といわれる家臣は三人しかおらず、残りの二十人以上はすべて新参者なのだ。

当然、譜代と新参では心構えが違う。譜代は主家を第一に考え、運命を共にする気概を持っているが、新参にはそれが薄い。

もちろん、新規召し抱えなどそうそうあるわけではないので、新参者といえども主家を潰す気持ちなどはない。

「田沼さまのお屋敷にはどのようなお方がお見えに」

「どのようなお話をなされてましょう」

こう誘われて金を渡されたり、遊所での支払いを持ってもらったりする。

「某《なにがし》さまが足繁《しげ》くお見えである」

「どうやら次のお手伝い普請《ぶしん》は寛永寺《かんえいじ》になるのではないか。勘定《かんじょう》奉行さまとのお話に、ちらと出てきた」

主家への想《おも》いが薄いため、簡単に金やもので転ぶのだ。

「田沼主殿頭をお側御用取次から外せれば、貴殿を今の禄の倍で抱える」

なかには政敵から誘われて、主家に仇《あだ》なす者も出てくる。

思わぬ出世をした者は、周囲の嫉妬《しっと》だけでなく、獅子《し》身中《しんちゅう》の虫にも気を付けなければならなかった。

「ご厚恩を無にするようなまねをする者は許さぬ」

田沼意次が静かな怒りを見せた。

「……誰か、誰か。井上をこれへ」

分銅屋仁左衛門との話は他聞をはばかる。田沼意次が大声を出して他人払《ひとばら》いをしていた家臣の注意を引いた。

「ただちに」

主君の要求に声だけでの応答は無礼になる。家臣の一人が顔を出してから、小走りに下がっていった。

「……御用でございますか」

待つほどもなく井上伊織が伺候《しこう》してきた。

「そこでは話が遠い、近《ちこ》う参れ」

廊下に手を突いた井上を田沼意次が手招きした。

「はっ」

井上が膝行《しっこう》した。

「そなた松浦屋を存じおるか」

「松浦屋でございますか……」

問われた井上が少し考えた。

「わたくしの知る範疇《はんちゅう》にはございませぬ。なにを扱っておる店でございましょう」

井上が尋ねた。

「甘味などの贈答品を扱っているそうじゃ」

「贈答品ならば、わたくしが担当いたしておりますが……甘味でしたら台所の者が詳しいかと。問いただして参りましょう」

聞いた井上が腰をあげようとした。

「焦るな」

田沼意次が井上を止《とど》めた。

「はあ」

井上が妙な顔で座りなおした。

「そなたはいつ当家に参ったのであったかの」

「……わたくしは寛延《かんえん》元年（一七四八）の十一月にお召し抱えいただきました」

田沼意次に訊かれて井上が答えた。

「寛延元年か。そうか、余が小姓《こしょう》組番頭《ばんがしら》になったときじゃな」

「はい」

思い出したと手を打った田沼意次に井上がうなずいた。

「そなたは吾《わ》が家臣であるな」

「さようでございまするが、なぜ、そのようなことを」

念を押した田沼意次に井上が怪訝な顔をした。

「分銅屋」

「…………」

ちらと確認を求めた田沼意次に分銅屋仁左衛門は無言で肯定した。

「当家に獅子身中の虫がおる」

「な、なにを仰せに」

井上が驚愕《きょうがく》した。

「落ち着け。そなたを信用してこそ明かすのじゃぞ」

田沼意次が浮つきそうになった井上を制した。

「申しわけございませぬ」

主君に宥《なだ》められたとあっては、謝するしかない。井上が平伏した。

「事情は分銅屋から聞け。これ以上客を待たせるのはまずかろう」

並んでいる客のなかには要路とつきあいのある者もいる。あまり待たせすぎると、後でなにを言われるかわからない。

田沼意次が井上を分銅屋仁左衛門に預けた。

「はっ。分銅屋付いて参れ」

承諾した井上が、分銅屋仁左衛門を連れて田沼意次の居室を出た。

「儂《わし》の長屋でよいな」

「畏れ入りまする」

他聞をはばかるとあれば、他人目《ひとめ》のない自宅がいいと井上は分銅屋仁左衛門を長屋へと案内した。

将軍の重用を受ける田沼意次の屋敷は五千石とは思えない立派なものである。屋敷の塀際に建ち並ぶ家臣たちの住居、通称長屋もかなり広いものであった。

「早速だが……」

井上は茶も出さずに、分銅屋仁左衛門を急《せ》かした。

「では……」

分銅屋仁左衛門も文句一つ言わず、宝物を預かってからの経緯を語った。

「……むうう」

聞き終わった井上が唸《うな》った。

旗本の用人というのは、大名家の家老にあたる。家中《かちゅう》でもっとも重要な立場にあるといえ、それにふさわしい人材が選ばれた。

井上も新参でいきなり用人を任されるだけに優秀であり、分銅屋仁左衛門の話が田沼家の存続にかかわる問題だとすぐに認識した。

「すぐに教えていただけなかったということは、拙者も疑われていたのだな」

井上が分銅屋仁左衛門を睨《にら》んだ。

「当然でございましょう。すべての方を疑うことから獅子身中の虫探しは始まりますので」

「そなたが売ったということもあろう」

「ございますな」

平然と分銅屋仁左衛門が述べた。

「そなたの自作自演ということも考えられる」

「考えられますな」

眉《まゆ》一つ動かさず、分銅屋仁左衛門が認めた。

「きさまっ……」

「わたくしは商人でございます。利のないまねはいたしませぬ。わたくしが田沼さまをどこかへ売りつける理由をお教えいただけますか」

馬鹿にしているのかと怒りかけた井上に分銅屋仁左衛門が応じた。

「それはいろいろあろう」

「では、井上さまにもいろいろございましょう」

具体的に言えなかった井上へ分銅屋仁左衛門が反撃した。

「…………」

「少し思い出していただきましょう。最初、わたくしの店にお見えになったのは田沼さまでございまする。わたくしからこちらをお訪ねして、お願いしたわけではございませぬ」

黙った井上に分銅屋仁左衛門が始まりを思い出せと告げた。

「むっ」

井上が唸った。

「まあ、それだけで潔白だとの保証にはなりませぬが、わたくしが獅子身中の虫ならば、すぐに買い手が来たなどという話をせず、黙って流しておりましょう。そのほうがものは売れますするし、間でどれだけ手数料を抜こうがわかりませんし」

「たしかに」

商人は利がないまねをしないと宣《せん》した分銅屋仁左衛門の言葉を井上は認めた。

「田沼さまのご決断もございます。互いに信用してお話を進めたいと思いますが、よろしゅうございますか」

「殿のお指図とあれば、やむを得ぬ」

隠れて主君と遣《や》り取りをしていたことへの追及はしないと井上が告げた。

「よろしくお願いをいたします」

こういったときは、身分が低いほうが折れる形をとるべきである。分銅屋仁左衛門が井上の前に手を突いた。

「わかった」

苦い顔のまま井上が呑みこんだ。

「さて、松浦屋のことでございますが……」

もう一度細かい経緯を分銅屋仁左衛門が述べた。

「珊瑚玉は売れたとの報告を受けている」

先日金を受け取ったはずだと井上が確認した。

「さようでございまする」

分銅屋仁左衛門も首を縦に振った。

「それを知らなかったということは、売却代金の受け取りに立ち会った次席用人の佐《さ》伯《えき》、勘定方の三谷《みつや》と衛藤《えとう》も外れる。いや、勘定方全員が……」

「しばしお待ちを。あの三百両がどのような名目で入金されたかをご確認いただいてからでないと……」

容疑者から外すべき範囲を拡《ひろ》げようとした井上を分銅屋仁左衛門が止めた。

「たしかにそうじゃの。入金の細目《さいもく》を知らされぬ者もおる」

井上が納得した。

「では、今のところ、儂と佐伯、勘定方の三谷と衛藤。四人だけが嫌疑から外れたということだな」

「はい」

かなり甘いがという言葉を分銅屋仁左衛門は口にしなかった。己に疑いがかからぬよう、珊瑚玉が売れたと知っていながら、話を漏らした可能性は否定できなかったが、それを言い出せば、井上も疑うところからやり直さなければならなくなる。

「勘定方には何名のお方が」

「当家は筋目が筋目ゆえ、勘定方は多い。頭《かしら》、副頭《そえがしら》、勘定方二名、勘定方下役三名の七名じゃ」

「七名も」

さすがの分銅屋仁左衛門も驚いた。二十人ほどの家臣の三分の一が勘定方なのだ。

武が本道の旗本の家中で、算盤侍《そろばんざむらい》と嘲《あざけ》られる勘定方は肩身が狭く、数も少ないのが普通であった。

「わかるであろう」

「でございますな」

苦笑した井上に分銅屋仁左衛門がうなずいた。

田沼意次は八代将軍吉宗《よしむね》の遺言《ゆいごん》に従って、米から金を中心とした経済にしようとしている。それはかなり困難なことであった。

そもそも武士はいつ戦場で散っても不思議ではなかった。そのためか、蓄財や宝物収拾を、未練が残るとして嫌った。ようは武家にとって金は忌避《きひ》すべきものである。それを禄の代わりに支給するとなれば、猛反対が起こるのは自明の理であった。

だが、豊作、凶作に左右される米で天下を回していては、不安定すぎて数年先さえ見通せない。幕府経済を立て直した吉宗は、嫌というほど米中心の弊害を知り、なんとか変動しない金へと転換しようとした。

しかし、幕府を完全に把握し、将軍親政をおこなった吉宗でも、急激な変化は無理であった。また、吉宗の跡を受けた九代将軍家重《いえしげ》には任せられなかった。

家重は暗愚《あんぐ》どころか、しっかり吉宗の血を引いて優秀であった。だが、不幸なことに幼少のみぎりに患った熱病の後遺症で、発語が不明瞭《ふめいりよう》になってしまった。

なにを言っているのか、わからないようでは、政《まつりごと》の細かい機微《きび》までは伝えられない。吉宗は家重に改革の仕上げを任せることをあきらめた。

ならば、家重を廃嫡《はいちゃく》し、他の子供に九代将軍を譲ればいいところだが、それは悪手《あくしゅ》でしかなかった。

徳川には長幼の序を守るという慣例があった。いや、慣例よりも厳しいしきたりであった。三代将軍を決めるとき、凡庸《ぼんよう》な家光《いえみつ》ではなく、優秀な弟忠長《ただなが》を二代将軍秀《ひで》忠《ただ》が考えていたのを初代将軍家康《いえやす》がひっくり返したのだ。

「乱世ならば優秀な者こそ求められるが、泰平では秩序こそ尊ばれるべきである」

出来の良い悪いで跡継ぎを決める時代は終わったと家康が決めた。天下を統一し、徳川家を将軍にした家康の決断に、誰も逆らえるはずはなく、そのまま決まりごとになってしまった。

もちろん、これには理由があった。

「なぜ、兄君を押しのけて……」

弟が優秀だからと家督を継げば、兄への同情が集まる。同情ですめばいいが、そこに利害がからむとややこしくなる。

将軍はもとより大名家でも男子が産まれると、その扶育を担当する家臣をつける。幕府だと老中あるいは若年寄を筆頭に、数人の大名や旗本を任命する。当然、将軍の子供を預けられるというのは、信頼の証であり名誉なことであるが、それ以上に実利があった。

その男子が将軍になったとき、扶育役たちが老中や側用人として政を担うのだ。それが、廃嫡となって、弟に将軍の座が奪われれば、扶育役たちも没落する。弟につけられていた扶育役たちの下に立たなければならなくなる。

「許されぬ」

当然だが不満を持つ。

「なんとかして、我らの若君さまに将軍を」

政争を仕掛ける。

兄弟で幕府を割っての争いが起こりかねない。

そうならないように、家康は秩序を作ったのだ。最初から長男が跡継ぎ、次男はいずれ別家と決めておけば、家臣たちの争いは避けられる。

吉宗は家康のその意図をよく理解していた。

家重を廃嫡し、優秀で聞こえた宗武《むねたけ》を将軍にすれば改革を託せるが、家重についていた者たちの反発が起こり、流れ始めた改革の足を引っ張る。そのほうが、改革にとってよくないと吉宗は判断した。

「そなたに預ける」

吉宗は家重にできない改革を田沼意次へと受け継がせた。

「家重の次、時機が来るまで改革の芽を育てよ」

こう吉宗は田沼意次へと言い残した。

この話は家重も知っている。

「すべてを主殿頭に預けるには身分が足りぬ」

家重は田沼意次を引き立てようとしてくれている。小納戸《こなんど》から小姓組番頭、そしてお側御用取次と、出世を重ね、あと少しで大名に届く。

誰が見ても田沼意次は寵臣、次代の執政《しっせい》候補である。人が集まるのは当たり前であった。

「なんとか、わたくしをお引き立てに」

「大奥御用達《ごようたし》にご推挙を」

頼みごとをするのに手ぶらというわけにはいかなかった。

贈りものが毎日山のように届くのだ。それをすべて記録し、値段を調べて、蔵に収めるものは収め、売るべきは売る。とても一人や二人の勘定方では捌《さば》ききれない。

田沼家に勘定方が多いのは、そのためであった。

「勘定方七人から二人を引いた残りの五人をまず疑うところから始めましょう」

金と贈りものを扱うだけに、勘定方は商人とのつきあいは深くなる。今をときめく田沼意次の勘定方となれば、つきあっていて損は絶対にない。まちがいなく、宴席、音物《いんぶつ》で取りこもうとしているはずであった。

「どうやる」

「ご家中の方々の外出記録はおとりでございますか」

問うた井上に分銅屋仁左衛門が尋ねた。

「……ないな」

井上が苦い顔をした。

「今日からとらせよう」

「お待ちを。いきなり始めると警戒されまする」

すぐに動こうとした井上を分銅屋仁左衛門が宥《なだ》めた。

「ではどうする」

「通いの方はおられまするか」

分銅屋仁左衛門がさらに訊いた。

基本、家臣は長屋に住居《すまい》するものだが、金のある者や特段の事情がある者などは、江戸の城下に家を持っていた。

「誰もおらぬ」

井上が手を振って否定した。

「では、なんとかなりましょう」

「どうやって」

安堵《あんど》した分銅屋仁左衛門へ井上が首をかしげた。

「こちらからしばらく人を張り付けまする。お屋敷を出ていかれるお方の後を付けまする」

「そちらで面倒を見てくれるのか」

分銅屋仁左衛門の案を聞いた井上が喜んだ。

藩士のほとんどを疑っている状況は、極端な人手不足と同じであった。なにをさせるにしても他人を雇わなければならない。それも人の後を付けるというような技を持っている者を探すのは難しい。まず、まともな武家では、その手の者とのつきあいはない。また、金もかかる。それを分銅屋仁左衛門が負担してくれる。まさに田沼家の内政を預かる用人の井上にとって、これ以上ありがたい話はなかった。

「もちろんでございまする」

分銅屋仁左衛門が首肯した。

「儂はなにもせずともよいのか」

井上が戸惑った。

「いいえ、お願いいたしたいことがございまする」

「なにをすればいい」

首を横に振った分銅屋仁左衛門に井上が身を乗り出した。

「松浦屋のことをお屋敷内で広めていただきたく」

「ふむ。松浦屋がそなたの店へ来て珊瑚玉を欲しがったと言えばよいのじゃな」

「はい。そのときできるだけ、松浦屋を嘲笑《ちょうしょう》するような雰囲気でお願いをいたしたく」

「なるほど。松浦屋が今、当家の出入りかどうかはわからぬが、家中の者を取りこんでいるならば、いずれは当家へ誼《よしみ》を通じようとするに違いない。そこを突くのだな。愚かな店とつきあうつもりはないと申せば」

「さようでございまする」

しっかりと理解した井上に分銅屋仁左衛門が満足そうに首を縦に振った。

「おもしろそうじゃ。任せてくれ」

井上が笑った。


分銅屋仁左衛門が田沼意次の屋敷を出たのを見つけた左馬介が近づいた。

「終わられたか」

「長くお待たせをいたしました」

田沼意次に続いて井上とも打ち合わせをしていただけに、かなりのときを喰っている。分銅屋仁左衛門が謝罪した。

「待つのも用心棒の役目だ。気にせんでもらおう」

左馬介が応《こた》えた。

「で、どうでした」

「……三人でこれだけだ」

呉服橋御門を出たところで分銅屋仁左衛門が問い、左馬介が懐から小判を四枚取り出して見せた。

「意外と多い」

分銅屋仁左衛門が驚いた。

「用件はなんだったので」

「同じよ。どうして両替商が……」

質問された左馬介が、遣り取りを語った。

「まったく……阿呆《あほう》ばかりですねえ」

分銅屋仁左衛門が大きくため息を吐《つ》いた。

「商いで大儲けしたいなら、他人のしないことを見つけるところから始まるのですがねえ。それをすでにやっている者から聞いてまねをしたところで、それ以上拡がりはしないのに。よく大店《おおだな》の主でございという顔ができるものだ」

「商いは戦《いくさ》だな」

「はい。得物《えもの》が刀ではなく、金だということだけしか違いません。金が力だというのは否定しませんが、頭を使わないと負けますよ。織田信長公の桶狭間《おけはざま》の合戦を例に出すまでもなく、小が大を倒すことはあるんです。たかが両替屋と侮《あなど》ってかかってくると、手痛い思いをさせてあげますから」

「……怖いな。分銅屋どのは」

小さな笑いを浮かべている分銅屋仁左衛門に左馬介が震えた。

「何度も殺されかかってますからねえ。ああ、もちろん、店を潰されるという意味でございますよ。本当に命を奪われそうになったのは、ここ最近」

加賀屋《かがや》だけでなく、田沼意次と結びついている分銅屋仁左衛門を邪魔に思う者は多い。分銅屋仁左衛門も襲われていた。

「拙者もだな」

左馬介も飢えで倒れかかったことはあるが、殺しに来る者と対峙《たいじ》したのは、ここ数カ月のことであった。

「そういうことですから。気にしないでご自分のものになさってくださいな。そういうお約束でしたし。命の代金には安いですが、ないよりよいでしょう」

気まずそうな左馬介に分銅屋仁左衛門が笑顔を浮かべた。

「しかしだな。拙者の一カ月の給金よりも多いのだが……」

左馬介は一カ月三両、家賃なし、食事付きという条件で分銅屋仁左衛門に雇われている。

「余得というものはそういうものでございますよ。町方役人どもよりはよほどましで」

ちらと分銅屋仁左衛門が振り向いて呉服橋御門の方を見た。

「町奉行所の役人か」

　左馬介もため息を吐いた。

　江戸町奉行の配下、与力《よりき》、同心《どうしん》は、任の困難さに比して薄禄《はくろく》である。その代わり、町人たちと触れあう機会が多く、なにかと便宜を図ってやれる。これを利用して、町方役人たちは、江戸の町人たちから金を集め、本禄以上の収入を得ていた。

「お嫌いですか」

「わかっておろうが」

　笑いながら訊く分銅屋仁左衛門に左馬介が頬をゆがめた。

　左馬介は、加賀屋という札差《ふださし》に操られた旗本が刺客としてよこした家臣を返り討ちにして、しばらく町奉行所の同心から付け狙われた。

「あのときの同心、佐藤猪之助《さとういのすけ》でしたか。どうしてますかね」

　分銅屋仁左衛門が気にかけた。

「つい先日まで、店の周りをうろついていたが……昨日今日は見かけていないな」

　そういえばと左馬介も怪訝な顔をした。

　左馬介を下手人《げしゅにん》と見定めた佐藤猪之助は、田沼意次を慮《おもんぱか》った町奉行、与力の制止を振り切ってつきまとい、ついには職を奪われていた。それでも佐藤猪之助は、分銅屋近くの長屋に居を定めて、ずっと左馬介を見張っていた。

「布屋《ぬのや》の親分に厳しく言いましたからね」

出入りの御用聞きへ分銅屋仁左衛門が苦情を出し、そこから佐藤猪之助へ警告が出たのではないかと分銅屋仁左衛門が述べた。

「だとよいが……町方はしつこい」

左馬介が力なく首を振った。

四

佐藤猪之助は顔見知りの掏摸《すり》を欺《だま》して、数日前に分銅屋仁左衛門の懐から盗んだ請け書を手に両国橋《りょうごくばし》を渡っていた。

「田沼主殿頭と分銅屋の間に金のつきあいがある証拠じゃ。これがあれば、目付たちも動くだろう。田沼主殿頭の庇護《ひご》がなくなれば、吾《われ》を町方から遠ざける意味はなくなる」

珊瑚玉を売り買いした体《てい》にして、分銅屋仁左衛門が田沼意次に金を渡し、その受け取りを記しただけの書付《かきつけ》である。分銅屋仁左衛門が田沼意次に金を渡して、なにかの便宜を図ってくれと書かれているわけではない。

ただの領収証でしかないが、それだけですまさないのが政《まつりごと》であった。

「安本《やすもと》どのはご在宅か」

一度訪ねている徒目付《かちめつけ》安本虎太《とらた》の屋敷を佐藤猪之助が再訪した。

「あいにく、主はお役目で出ておりまする」

前回も応対した妻女が、同じ答えを返した。

監察は番方《ばんかた》のように当番、非番、宿直番《とのいばん》を繰り返すわけではない。当番と宿直番しかないのが、徒目付であった。

「拙者、もと南町奉行所同心の佐藤猪之助でござる。なんとか、安本どのにお目にかかりたいのだが、いつならばよろしかろう」

今回は会わずに帰るわけにはいかなかった。

「普段でしたら、六つ（午後六時ごろ）には戻りますが……なにぶんにもお役目がお役目でございまして、数日帰らないときも」

すがるような佐藤猪之助に妻女が困惑した。

徒目付は御家人《ごけにん》のなかでも武芸を得意とする者が任じられる。御家人の監察を主とする徒目付だが、目付の配下として探索や捕り方を務めるため、遠国《おんごく》まで出向くこともあった。

「では、今日の暮れ六つごろにもう一度お訪ねいたす。御免」

「あっ……」

妻女に諾否も言わせず、佐藤猪之助が背を向けて去っていった。

本所深川《ほんじょふかがわ》は町奉行所の管轄になっているが、さほどていねいな見廻《みまわ》りをされていなかった。もともと町奉行所の範疇《はんちゅう》ではなく、深川奉行所の支配地だったのが、その廃止で移管されてきたという経緯でどうしても継子《ままこ》扱いをされてしまう。

「深川廻りは誰であったか……」

顔を合わせるのは気まずい。なにせ、八丁堀《はっちょうぼり》を追放された身である。

「思い出せぬな」

佐藤猪之助は町奉行所同心百二十人の花形、六人しかいない定町廻《じょうまちまわ》り同心であった。それこそ江戸の町を肩で風を切って歩いて来たのだ。名のある豪商でさえ、腰を低くして対応するし、売れっ子芸妓でも声をかければ、喜んで閨《ねや》に侍《はべ》った。

「江戸の町は、俺たちが守っている」

定町廻り同心ほど自負の強い者はそうそういない。当たり前だが、他の役目の同心など、弟子くらいにしか見ていない。廻《まわ》り方《かた》同心のなかでも牢屋《ろうや》見廻り、小石川《こいしかわ》療養所廻り同心と並んで格下の深川同心など、顔も覚えていない。

「…………」

その深川同心を佐藤猪之助は気にしなければならなくなっていた。八丁堀を追放された佐藤猪之助は、南町奉行山田肥後守利延《やまだひごのかみとしのぶ》から睨まれている。南町奉行所の者に見つかれば、まちがいなく山田肥後守へ報告が行く。

「なぜ、そのようなところへ」

安本虎太の屋敷に用があるところを見られるのはつごうが悪い。旗本としてはほぼ頂点となる町奉行にまで出世しただけに、山田肥後守は愚かではない。少し調べれば、ここが徒目付の自宅だとわかる。

町奉行所を追われた、いわば罪人である佐藤猪之助が徒目付との接触を図る。そこになにかあると山田肥後守が考えるのは当然の帰結であった。

「まだ昼前だ」

佐藤猪之助が困った。

このあたりのことはほとんどなにも知らないのだ。夜までどこで暇を潰せばいいのか、わからない。江戸より治安の甘い本所深川である。御法度《ごはっと》の岡場所や博打場《ばくちば》などはいくらでもある。ただ、そこでときを過ごすには、金が要った。

「……今日明日は喰えるが、遊ぶにはとても足りぬな」

いつの世でも我が物顔で表を歩いていた者ほど、凋落《ちょうらく》したときの掌《てのひら》返しは厳しい。

「これを」

「いかほどでもご用立ていたしますよ」

もみ手で近づいてきた商人が、

「なにしにきた」

「ものもらいなら、裏へ回りな。飯の残りくらいならくれてやる」

今では塩もて追う。

家を出るとき、今後苦労するであろう妻子のために貯《た》めていたもののすべてを置いてきた佐藤猪之助の紙入れには、一分金が一枚と小銭が少しだけしか入っていなかった。

「これでなんとか呼び戻されるまで生き延びねばならぬ。食い扶持だけとはいえ……」

佐藤猪之助が険《けわ》しい顔をした。

長屋の店賃《たなちん》というのは日割りで、一カ月や二カ月ためたところで追い出されはしない。これは火事の多い江戸、大坂の状況に合わせ、いずれ焼けてしまうのだからと長屋の造りはかなり雑で、節だらけの柱、薄い一枚板の壁と安普請《やすぶしん》であったからだ。

なにせ焼けることが前提での建築である。金などかけてはいない。三年燃えなかったら、元が取れ、それをこえれば丸儲けなのだ。佐藤猪之助が転がりこんだ長屋は、幸いなことに十年焼けていないという希有《けう》な物件であり、大家は十二分に儲けた後であった。

「食事を切り詰めて二度にしても……」

武家は三度の食事が当たり前であった。腹が減っては戦ができぬとばかりに米を喰った。しかし、それも禄や扶持で米を現物支給してもらえるお陰であった。浪人となった今、収入も米も入って来ない。

「夜は屋台の蕎麦《そば》ですませられても……朝は蕎麦屋が出ていない」

屋台の蕎麦は、なにも載せなければ十六文であったが、さすがに朝から屋台は出ていなかった。

「煮売り屋でも、飯と汁で二十四文はかかる。昼を抜いて一日四十文か……」

佐藤猪之助の表情が悲壮になった。

一分は一両の四分の一、一両が銭六千文前後なので、一分で一千五百文ほどになる。一日を四十文ですませても、四十日はもたない勘定になる。

かつては柳橋や吉原《よしわら》の美女を侍らせ、鯛《たい》の酒煎《さかい》りだ、鴨《かも》の山椒《さんしょう》焼きだと一食に数両使うのが当然だった佐藤猪之助にとって、食いものの質がもっともよく境遇を表していた。

「金がないのは、首がないのと同じだとは、よく言ったものだ」

軽い紙入れを佐藤猪之助が大事そうに懐へ仕舞った。

第二章　浪々の明暗

一

用心棒の本番は店を閉めてからになる。

一旗揚げようと繁華な江戸へ出てきたが望み叶《かな》わず、闇に堕《お》ちた者は多い。そういった連中は、人としての律《りつ》を失望によって削り取られている。一夜の酒のために、人のものを奪うなど、気に病むこともない。

「持っている者から、ちいと分けてもらうだけだ。おいらが少しいただいたところで、あそこは痛くもかゆくもねえ」

論にもならない理由を付けて、盗み、押し込みを働く。

そういった箍《たが》の外れた連中が狙うのは裏長屋ではなく、表通りで看板をあげている大店《おおだな》がほとんどになる。

用心棒はそいつらを追い払うためにいる。

「喜代どの、風呂をいただいて参る」

夕まであと少し、七つ半（午後三時ごろ）を過ぎたところで、左馬介が伝えた。

「はい。いってらっしゃいませ。ああ、洗いものは後で渡してくださいな。ご自分でなさいますな」

喜代が着替えた後の汚れものはこちらで洗濯しておくと言った。

「いや、それは……」

親の代からの浪人に着物の替えなどそうはない。風呂へ行って出る汚れものといえば褌《ふんどし》だけであった。

左馬介がためらうのも当然であった。

「今更、なにを恥じておられますので」

腕が使えない間、身体《からだ》を拭いたではないかと喜代があきれた。

「恥じらうのは、拙者《せっしゃ》ではなく、そちらだと思うのだが……」

左馬介があっけらかんとしている喜代に驚いた。

「男所帯の女中をしていれば、恥じらいなんぞすぐにすり切れますよ。夏なんぞ、店が終わるなりほとんど裸になるんですよ、ここの連中は」

喜代がため息を吐《つ》いた。

「番頭どのや手代の佐助《さすけ》どのなどは、きっちりされているように思えるが」

「日ごろ堅い顔をしている人ほど、酷《ひど》いのですよ」

小さく喜代が頭を左右に振った。

「そういうものか」

「ですから、諫山さまもお気になさらず」

「助かるが……」

遠慮なくと言ってくれる喜代に左馬介はためらった。

「男《おとこ》さんが洗濯すれば、力任せになります。それでは、早く衣類が傷《いた》んでしまいます」

褌の寿命が縮むと喜代が諭《さと》した。

「力任せか。たしかにそうだな」

汚れをすぐに落としたいと男が洗濯をすれば、ものを強くもみ洗いやこすり洗いをした。

身に覚えのある左馬介は納得した。

「おわかりになりましたら、どうぞ、湯屋《ゆや》へお出ましを。お帰りのころには夕餉《ゆうげ》を整えておきます」

「かたじけない」

浪人は食いものに弱い。左馬介は喜代に胃袋をしっかり握られていた。

「では……」

「ああ、湯屋の二階にあがるようなまねはなさいませぬよう」

「……わかっている」

笑顔で釘《くぎ》を刺した喜代に左馬介は一瞬啞然《あぜん》としたのち、急いでうなずいた。

湯屋の二階は、湯上がりという小座敷になっており、湯茶の用意や将棋盤や囲碁の道具、黄表紙本などの遊び道具が置かれていた。基本は無料だが、使う者は一文、二文の小銭を番台に心付け代わりに渡していく。

わざわざ金を払わなくとも、囲碁や将棋は町内のどこでもやっている。黄表紙も貸本屋が回ってくるので、家でゆっくり読めばいい。

そうわかっていながら、二階へあがる男の客が絶えないのは、二階の小座敷、ちょうど女湯の真上にあたるあたりにいくつもの穴が開けられ、そこから覗《のぞ》き見ることができるからであった。

もちろん、女湯の客もそれを知っているが、上からの見下ろしではもっとも大事なところは見えず、せいぜい乳の上を拝《おが》めるくらいなので気にしていない。嫁入り前の娘だとか、身体が商売の基本となる芸妓《げいぎ》などは男湯が空《す》いている昼前にはすませてしまうので、入っている客は平然としていた。

首をすくめて台所を後にした左馬介だったが、店を出るときには胸を張って、威勢を見せつけるようにした。

これは、分銅屋には用心棒がいるだけでなく、かなり遣《つか》えるぞと見せつけることで、盗賊などに警告を発しているのであった。

盗賊になるような連中は、破れかぶれだとやけになっている振りをするが、命の惜しい小者《こもの》がほとんどであった。命を賭けてとの気概があるようならば、盗賊になる前に一所懸命働き、なんとかしている。

身体を酷使して汗水垂らして働く根性や、頭を使って新しい商いを生みだすほどの智恵《ちえ》がないからこそ、盗賊するしかないのだ。

そういった連中は、用心棒がいる店をまず襲わない。よほど腕の立つ仲間が複数いて、狙う先に金がうなっていなければ、他の店へと矛先《ほこさき》を変える。

そして左馬介は分銅屋の用心棒であり、他の店がどうなろうとも関係ない。

「分銅屋を襲うつもりだったが、用心棒が強そうだったので、隣に目標を変えた」

そう言って盗賊に隣家がやられても、左馬介には対岸の火事でしかない。

左馬介の仕事は分銅屋仁左衛門の身柄と店、そして奉公人を守ることであった。

「……諫山」

店を離れたところで、左馬介に一人の浪人が近づいてきた。

「はて、どなたであったかの」

顔見知りらしい浪人に左馬介が首をかしげた。

「つれないことを言う。忘れたか、津川《つがわ》じゃ、津川九郎《くろう》」

「津川……」

名前を言われても左馬介は思いあたらなかった。

「おいおい、本当に忘れたのか。何年前だったか、一緒に駒形《こまかた》の諏訪《すわ》神社の裏でどぶ浚《さら》いをしたではないか」

津川九郎と名乗った浪人が述べた。

「駒形の諏訪神社裏……ああ、たしかにどぶ浚いをしたな。二年前の夏だったか」

左馬介が仕事を思い出した。

水草が腐ったり、川上から流れてきた塵芥《じんかい》がたまるため、夏の川端は臭《にお》う。

「なんとかしてくれ」

苦情が頻繁《ひんぱん》に来るようになると、町《ちょう》役人たちが頭割りで費用を持ち、日雇いの人足を雇って、それらを掃除させる。裸で川に浸《つ》かって、髪まで汚しての作業になるが、日当が悪くないのと、使い捨てになる褌《ふんどし》の代わりにと新しい木綿を六尺ずつくれる、浪人にとってはありがたい仕事であった。

「津川、津川……ああ、相模の浪人だと言っていなかったか」

「それじゃ、その津川じゃ。ようやく思い出してくれたか」

おぼろげながら記憶の底にあった浪人のことを思い出した左馬介に、津川がほっと安堵《あんど》の息を漏らした。

「その津川氏《うじ》がどうした。最近、この辺りで見かけていなかったと思うが」

ときどき顔を合わせていれば、忘れることなどはない。見かけないからこそ、記憶は薄れる。左馬介が尋ねた。

「あの後、しばらく深川に居を移していたのよ」

津川九郎が答えた。

浪人の居場所は少ない。長屋でもほとんどのところは身許《みもと》を保証してくれる人がいなければ貸してくれなかった。とくに町奉行所の管轄になる大川《おおかわ》より北はうるさく、江戸へ流れてきた浪人たちには冷たかった。その点、深川や本所《ほんじょ》、千住《せんじゅ》、内藤新宿《ないとうしんじゅく》、品川《しながわ》など町奉行所の管轄を離れるか、あまり熱心でないところは甘かった。ために深川は浪人のたまり場のようになっていた。

「今日はなぜ」

深川と浅草は大川を挟んで対岸といえるほどではないが、近い。とはいえ、橋を渡るか、渡し船を遣わねばならず、なにもなければまず来ることはなかった。

浅草寺《せんそうじ》へのお参りだとか、物見遊山《ものみゆさん》だとかは、余裕のある商人などが楽しむもので、その日暮らしの浪人には関係ない。

「なあに仕事よ」

「そうか。仕事がある。それはなによりだ」

津川の言葉に左馬介が笑った。

「おぬしは身ぎれいだな」

ふと気づいたように津川九郎が左馬介の身形《みなり》をあらためて見た。

「そうか、変わっておらぬが」

左馬介が首をかしげた。

着ているものや腰のものなどは変わってなくとも、毎日しっかりと食べ、風呂にも入り、隙間風《すきまかぜ》の入らない長屋で眠れる。人として当たり前のことだが、それに縁のないのが浪人である。左馬介のように清潔だというのは珍しかった。

「顔色など見違えるようであるし、肉も付いたであろう」

津川九郎が感心した。

「本人にはわからぬ。浪人で鏡を持っていないからな」

「たしかに。浪人で鏡など持っているような者に出会ったことはないな」

二人が顔を見合わせて苦笑した。

「仕事はよいのか」

まだ日雇い仕事の終わる頃合いではない。左馬介が津川九郎に問うた。

「拙者《せっしゃ》はよいのだ。それよりおぬしはどこへ」

質問には答えず、津川九郎が逆に訊《き》いてきた。

「見たところ、手拭《てぬぐ》いを手にしておるが湯屋か」

「ああ」

確認した津川九郎に左馬介が認めた。

「まだ日暮れでもないのに湯屋とは、余裕があるの。よほど、今の仕事がよろしいと見える」

「…………」

津川九郎の声に暗いものを感じた左馬介が黙った。

「諫山どのよ、おぬし分銅屋で用心棒をされておろう」

「それをどこで」

今まで深川にいた津川九郎のところまで左馬介の活躍が届くはずはない。

そもそも用心棒の働きなど表に出ないのだ。当たり前である。賊ならばまだしも主《あるじ》が刺客に狙われることなどまずない。さらにそれらを撃退したなどとんでもないことだった。

「何々屋に押し入った盗賊一同を、用心棒が撫《な》で斬《ぎ》りにしたらしい」

こんな噂《うわさ》が立っては、町奉行所の面目は丸つぶれになる。用心棒が捕まえたとしても、それは密《ひそ》かに出入りの御用聞きに回され、表向きを取り繕《つくろ》うのだ。

用心棒が讃《たた》えられるのは、強請集《ゆすりたか》りの連中を追い払ったときくらいであり、そんなものは評判にもならなかった。

悪事は千里を走るが、善事は町内で留《とど》まるのが普通であった。

「そこはまあ、蛇《じゃ》の道は蛇《へび》よ」

津川九郎の笑いが下卑《げび》た。

「のう、一緒にどぶ浚いをした誼《よしみ》じゃ。拙者も分銅屋で勤められるように口を利いてくれぬか」

「追加の募集はしておらぬぞ」

厚かましい津川九郎の頼みを左馬介は断った。

「そう言わずに頼む。皆からも口添えを頼む」

「皆……」

津川九郎の言いぶんに左馬介が引っかかった。

「へい。津川の旦那をお願いしやすよ」

不意に左馬介の背後から声がした。

「なっ」

左馬介が後ろを振り向いた。

「是非に頼みたいな」

今度は右から話しかけられた。

「うっ」

左馬介が驚いた。

「初めてお目通りをいただきやす。深川で皆様のお世話をさせてもらっておりやす。阿蔵《あぞう》と申しやす」

止《とど》めは左から来た。

「馬鹿な」

左馬介の四方は囲まれていた。

「気を逸《そ》らすための話だったのか、津川」

険《けわ》しい目で左馬介が津川九郎を睨《にら》んだ。

「それもないではないが、拙者を分銅屋の用心棒にというのは本音だ」

津川九郎がいけしゃあしゃあと言い放った。

「なぜ、分銅屋にこだわる。それこそ深川には、用心棒の口など掃いて捨てるほどあろうが」

治安の悪いところほど、用心棒の需要は多い。左馬介が問いただした。

「それがね。ちいと深川でやりすぎましてねえ。津川先生の顔が知れてしまったんでございますよ」

阿蔵が代わって答えた。

「やりすぎた……」

左馬介が嫌な予感に身を震わせた。

「お考えの通りで」

阿蔵が笑った。

「……用心棒が盗賊の手引きをしたのか。なんということを」

左馬介が津川九郎を叱《しか》りつけた。

用心棒の信用を失墜《しっつい》させ、浪人にとって貴重な飯の種を奪うまねで、絶対にしてはならない行為であった。

「生きていくためだ」

悪びれず津川九郎が反論した。

「人として……いや、無駄だな」

諭そうとして左馬介はやめた。無駄だとわかったからである。

「どうだ、手伝ってくれぬか」

「断る」

左馬介が首を横に振った。

「断れる状況ではないと思うがの」

右手に立っていた浪人が刀の柄《つか》に手をかけた。

「そちらこそ、ここがどこかわかっているのだろうな。浅草門前町だ。人通りは激しい。こんなところで刀を抜いてみろ、たちまち御用聞きが飛んでくるぞ」

「御用聞きが怖くて、人斬りができるか」

浪人が左馬介の脅しに憤《いきどお》った。

「館山《たてやま》先生、落ち着いておくんなさい」

阿蔵が浪人を宥《なだ》めた。

「諌山さまでしたかね。報酬の話をしやしょう」

うさんくさい笑顔のままで阿蔵が左馬介に語りかけた。

「分銅屋ほどの店になると、身代《しんだい》は十万両と踏んでやす」

まちがってないだろうと阿蔵が左馬介の瞳を覗きこんだ。

「知らぬな。店にどれだけの金があるかどうかは、用心棒にはかかわりない」

左馬介が見つめ返した。

「……思ったよりも、肚《はら》の据《す》わったお方のようだ。津川先生、ずいぶんと話が違いますぜ。脅せば、一発で言うことを聞く肚なしだと言ってましたよねえ」

動揺の色を見せない左馬介に、阿蔵が舌打ちをした。

「ここまで変わっているとは思わなんだ。あのころは、刀を重いと言うような男であったのだがな」

津川九郎も首をかしげた。

「まさに、男子三日会わざれば刮目《かつもく》して見よというやつですな」

阿蔵が苦笑した。

「まあ、これくらいの狂いは考えのうちにありましたからよろしいでしょう」

ふたたび阿蔵が左馬介に向き直った。

「こちらはこの四人に荷運びが二人。合計六人ですのでね、持っていけても千両箱十、一万両。それくらいの金なら分銅屋にとってたいしたものではないでしょう。すぐに取り返せますよ。で、諫山さまには思いきって一箱お出しします」

「一箱……」

阿蔵の話に左馬介が怪訝《けげん》な顔をして見せた。

「千両、一箱とは千両箱一つのことで」

「それは……」

金額の大きさに左馬介が息を呑《の》んだ。

「今、用心棒でどれほどもらってますかね。一日五百文くらいですか。月にして一万五千文、二両と二分というところでしょう」

「…………」

　阿蔵の的確な読みに左馬介は驚いた。

　左馬介は今、家賃と三食こみで月に三両もらっている。これは破格の金額であり、阿蔵の推測が世間に近かった。

「当たったようで。千両あれば……ええと」

　ちらと阿蔵が館山と呼んだ浪人を見た。

「三十三年と少しだな」

　館山が計算した。

「ほぼ一生働かずともやっていけますよ」

　阿蔵が館山の答えをもとに話を左馬介に戻した。

「どうだ、諫山」

「無茶を言うな。新しい用心棒が不要な店だぞ。そこへ無理押しなどしてみろ。怪しいと言っているようなものだ」

　津川九郎の促しに左馬介はあきれた。

「…………」

　阿蔵が黙って思案に入った。

「……では、諌山さまに手引きをお願いしましょう」

「断る。そんなことをしてみろ。千両もらっても生涯お尋ね者だ。金を遣うことさえできぬし、今住んでいる長屋からも逃げねばなるまい。そんなときに千両は重いわ」

小判一枚はおよそ四匁《もんめ》少し（約十八グラム）、それが千枚となると四貫半（約十八キログラム）にもなる。そんな重いものを持って逃げ回るなど、とんでもないことであった。

「どうしても断ると」

「断る」

「良い長屋にお住まいでござんすね」

強く拒んだ左馬介に阿蔵が話を変えた。

「それがどうした」

居所を知られたくらい、どうということはない。左馬介は平然としていた。

「お隣に綺麗《きれい》な花が咲いてやすなあ」

下卑た笑いを阿蔵が浮かべた。

「む……加壽美どのをどうかするつもりか」

あやうく村垣と言いかけた左馬介が言い直した。

「いやあねえ、あれだけの女となると、一度は抱いてみたいじゃござんせんか。ねえ、館山先生、津川先生、割介《われすけ》」

「まさに、男と生まれてきた甲斐《かい》だな」

「男冥利《みようり》に尽きる」

「たまんねえですよ。あの乳と尻の張り」

同意を求めた阿蔵に、配下たちがうなずいた。

「やめておけ」

心からの助言を左馬介はした。

「やめさせるのは、諫山さまで。そちらさま次第でどうなるかは決まりますな」

阿蔵が左馬介の責任だぞと脅した。

「止めたぞ。ではな」

さっさと左馬介は津川九郎の横を通り抜けた。

「後悔しますよ。想《おも》われている女を見捨てて」

左馬介の背中に阿蔵が捨てぜりふを投げた。

「明後日まで待ちやす。そこの旅籠《はたご》、庚申屋《こうしんや》に言伝《ことづて》をください」

離れていく左馬介に阿蔵が付け加えた。

「……心配しているのは、そっちの命だというに」

左馬介は苦い顔をしていた。

「そもそも村垣どのが悪い。他人目《ひとめ》のある浅草門前通りで、拙者に抱きつくなどするから、こうなるのだ」

かつて村垣伊勢は左馬介との連絡を取りやすくするため、好意を抱いている振りをして見せた。それが阿蔵たちの目に留まったのである。

「風呂はあきらめるしかないな」

左馬介が踵《きびす》を返した。

二

店に戻った左馬介は、その足で分銅屋仁左衛門の部屋を訪れた。

「今、よいかの」

「おや、湯屋へ行かれたのではございませんか。なにかありましたな」

訊いた左馬介に分銅屋仁左衛門が気づいた。

「じつは、店を出たところで……」

左馬介が経緯を語った。

「ほう……」

分銅屋仁左衛門の目がすっと細められた。

「加壽美姐《ねえ》さんの身柄を取引に出してきたとは、卑怯《ひきょう》な連中ですね」

「布屋の親分に報《しら》せたほうがよいのではないか」

町奉行所へ報告するべきではないかと左馬介が言った。

「その四人、諫山さまから見ていかがでございました」

「どれもたいした腕ではないと思う」

問われた左馬介が答えた。

「なるほど。だからこそ用心棒が引きこみなんぞをしたわけですな。用心棒が裏切るなどと思っていないから、油断をしきっている。主や奉公人が寝静まったところを襲って、皆殺しにしてきたのでしょう」

「皆殺し……」

分銅屋仁左衛門の言葉に左馬介が目を大きくした。

「お気づきではございませんか。一人でも生き残りがいれば、その津川とかいう碌《ろく》でなしが、次から次へと用心棒になれますまい。いかに深川が町奉行所のやる気がないところとはいえ、下手人《げしゅにん》を放置するほど腐ってませんよ」

「生き証人がいないから見逃されてきた」

「おそらくは。ですが、それも回数が重なれば、おかしいと気づく者が出てきます。それに感づいて、深川を捨てたのでしょう。いや、江戸を売る気ですな。その行きがけの駄賃に、うちを襲って大金を手に上方《かみがた》へでも逃げ出すつもりではないかと」

分銅屋仁左衛門が阿蔵たちの狙いを看破《かんぱ》した。

「では、より町方に告げるべきであろう」

左馬介が危険だと分銅屋仁左衛門に迫った。

「加壽美姐さんが危なくなりますよ」

「あっ」

言われて左馬介が声をあげた。

「どうせ、この店は見張られてます。そこに御用聞きが出入りすれば、諫山さまがしゃべったと知られますよ」

「布屋の親分には裏から密かに出入りしてもらうようにお願いすれば……」

左馬介が提案した。

「長年の出入りの布屋の親分さんは、なんとかなりますがね。何軒もの商家を皆殺しにして金を奪った盗賊どもですよ。捕らえれば江戸中に響く手柄でございますからね。町奉行所はそれこそ、総出役とばかりに人を出してくるでしょう」

総出役は吟味方与力《ぎんみかたよりき》を頭に廻り方同心と捕り方小者全員が出る大がかりなもので、場合によっては町奉行が騎乗で出張《でば》るときもあった。

「人の命が……」

「お偉い方にとってみれば、芸妓の一人なんぞどうでもよろしいんですよ。己の手柄のためなら、しかたない犠牲」

啞然とする左馬介に分銅屋仁左衛門も吐き捨てた。

「では、どうすれば」

「先ほど四人の腕を訊きましたでしょう」

悩んだ左馬介へ分銅屋仁左衛門が述べた。

「吾《われ》にやれと」

左馬介が確認した。

「できましょう、今の諫山さまなら」

分銅屋仁左衛門が強く断言した。

「できると思われるか」

「逃げようとお考えですか」

「いいや」

問いかけに問いかけで返した分銅屋仁左衛門に左馬介は首を横に振った。

「肚が据わった……か」

先ほど阿蔵に言われたことを左馬介は思い出した。

「覚悟ができたと言わせていただきましょう」

分銅屋仁左衛門も認めた。

「人を殺したからな」

やらねばやられる。その状況でなければ、人の命を奪うなどとてもできたものではない。左馬介は、それをしてきた。

「いいえ。人を殺したから、次も平気だではございません。そうなればただの人殺し、下手人でございます。諫山さまは違う。守るべき者を守る。人として男としての覚悟をなさった。それこそ、真の武士《もののふ》、用心棒でございます」

「真の用心棒……」

左馬介が繰り返した。

「……だが、加壽美どのをどうすれば」

加壽美こと村垣伊勢の強さは十二分にわかっている左馬介であるが、知っていて知らさないのは不義理になると気にした。

「大事ないと思いますよ。あやつらは今夜襲い来ますから」

「えっ」

問題ないと述べた分銅屋仁左衛門に左馬介が絶句した。

「明後日まで待つと言ったぞ」

「ああいった人外に堕《お》ちた連中が約束なんぞ守るわけございませんよ」

あっさりと分銅屋仁左衛門が否定した。

「そうやって余裕を与えれば、いろいろ考えましょう。加壽美姐さんを助けるにはどうしたらいいかとか、店を守るにはどうするべきかとか。少なくとも一夜は悩みましょう。今夜くらいは大丈夫だ、まだ二日あると油断する。そこを襲えば、準備もなにもできてません」

「腐れどもがっ」

説明を聞いた左馬介が怒った。

「分銅屋どの」

「お任せしますよ。店をどのようにでもお使いください」

息の合った二人がうなずき合った。

佐藤猪之助は日が暮れる寸前に安本虎太の屋敷を再訪した。

「妻には聞かせたくないのでな。外でいいか」

安本虎太が佐藤猪之助を屋敷に入れるのを拒んだ。

「わかっている」

あからさまに迷惑だという雰囲気を出している安本虎太を、佐藤猪之助は咎《とが》められなかった。

「なんの用か」

少し前まで禄《ろく》は違っていても同じ御家人《ごけにん》同士であったが、今では御家人と浪人になっている。安本虎太の口調は尊大なものであった。

「これを手に入れた」

佐藤猪之助に交渉するだけの余裕はもうなかった。最初から佐藤猪之助は切り札を出した。

「書付《かきつけ》か……」

安本虎太が折りたたまれていた紙を広げた。

「……これは」

残照で内容を読んだ安本虎太が驚愕《きょうがく》した。

「本物なのか」

「もちろん」

安本虎太の疑惑を佐藤猪之助が否定した。

「どうやって手に入れた」

「偶然拾った」

「ふざけるな」

ごまかそうとした佐藤猪之助を安本虎太が睨みつけた。

「本当だ。分銅屋の後を付けていたら、懐《ふところ》から落としたのだ」

ほんの少しだけ真実を増やして佐藤猪之助が述べた。

「落ちたのはこれだけか」

「…………」

安本虎太が詰問し、佐藤猪之助が黙った。

「商人にとって証文は命と同じだという。その証文を裸で懐に入れていて落とすなど、分銅屋は間抜けか」

「……………」

佐藤猪之助はなにも言えなかった。

「拙者も分銅屋を知っている。とてもできる男であった」

そう分銅屋仁左衛門を褒《ほ》めた安本虎太が目つきをより厳しくした。

「盗んだな」

安本虎太が断定した。

「そうでもせねば、分銅屋を捕らえられぬ」

佐藤猪之助が不意に言葉を発した。

「それがあれば、分銅屋と田沼主殿頭《とのものかみ》さまの間にかかわりがあるとの証《あかし》になろう」

「なるだろうな」

「それをお目付さまにお渡ししてくれ」

同意した安本虎太に佐藤猪之助が求めた。

「これをか」

ただの売り買い証文を目付に提出する。そんなまねをすれば、安本虎太が咎めを受ける。

「そうだ。それで田沼主殿頭さまが咎めを受けられれば、分銅屋への庇護《ひご》が薄くなる。

さすれば……」

佐藤猪之助が熱くなった。

「わかった。これは預かっておく」

「おおっ。頼むぞ。きっと、きっとお目付さまに渡してくれ。ああ、拙者は今、蔵前《くらまえ》の長屋におる。能登屋《のとや》という荒物《あらもの》屋の持ち長屋じゃ」

策がなったとき、どこに佐藤猪之助がいるのかわからなければ、功績を受け取ることができない。佐藤猪之助が勢いこんで告げた。

「能登屋の長屋だな」

あきれた目を安本虎太が佐藤猪之助に向けた。

「では、よしなに」

喜んで佐藤猪之助が踵を返した。

「……もう駄目だな、あやつは。分銅屋憎しで周りが見えなくなっている」

情けないと安本虎太が嘆いた。

「役に立たないものを……」

安本虎太が書付をもう一度見た。

「……使えるか。あの芳賀《はが》たち目付二人は田沼主殿頭さまをなんとかしたがっている。

ひょっとしたら、これに引っかかるかも知れぬ」

たかが売り買い証文を賄《まいない》の念書だと思いこんで、田沼主殿頭に手出しをすれば、いかに目付といえども無事ではすまない。目付が動くときは、確実に勝負を決められるときだけで、空振りは大きな失点になった。

「あの二人に目を付けられているおかげで、こちらは戦々恐々としている。それをなくせる……」

最初田沼主殿頭と分銅屋仁左衛門の仲に気づいた芳賀たちが探索を命じたのが安本虎太ともう一人の徒目付《かち》佐治五郎《さじごろう》であった。そのときの探索では、田沼主殿頭と分銅屋仁左衛門の間に癒着《ゆちゃく》は見つけられず、役立たずとされた安本虎太と佐治五郎は任を外されていたが、その後いろいろな状況が重なり、芳賀たちから疑惑を持たれるようになっていた。

「佐治と相談せねば」

一人の思案は、どうしても己の都合のよいようにまとまってしまう。たった今、佐藤猪之助という悪例を見たばかりなのだ。

安本虎太が同僚の考えも聞かなければと思案をまとめた。

阿蔵と仲間たちは、深夜子《ね》の刻（午前零時ごろ）を過ぎたころに現れた。

「町方は来てねえな」

「へい。それらしい者の出入りはござんせん」

確認された割介が保証した。

「鼻の利く、おめえなら町方を見逃すことはねえ。津川先生、あんたの知り合いはまだ甘いねえ」

「世間の表しか知らねえからな。闇の苦労をすれば少しは成長するだろうが……もう、それも無理だな」

「あやつは、拙者が獲物だ」

嘲笑《ちようしよう》した津川九郎に館山が告げた。

「それが目的じゃないことは忘れなさんな。今回の目的は金。きな臭くなってきた江戸を売って上方へ行くための駄賃を得るのが主。皆殺しにしなくてもいいですからね。金の確保を優先するように」

阿蔵が念を押した。

「わかっている」

「……ああ」

「うへっへ。金で上方の女を食い散らしてやる」

配下たちが首肯《しゅこう》した。

「いつものとおり、裏からで。表からだと吉原帰りの酔っ払いに見つかるかも知れねえのでな。ああ、荷運びの二人は、すでに裏で待機させてる」

「そいつらもいつもどおりだな」

「もちろん。船に金を積んだら、邪魔なだけ。分け前を減らしたくはないだろう」

津川の一言を阿蔵が認めた。

「行くぞ」

阿蔵の指揮で四人は分銅屋の裏へ回った。

待っている荷持ち二人に手で静かにしていろと合図した阿蔵が割介の尻を叩《たた》いた。

「…………」

無言で割介が津川九郎の身体を登って、分銅屋の裏木戸を乗りこえた。

「…………」

早めの夕餉《ゆうげ》をすませた左馬介は、仮眠をとって万全状況を整えていた。

左馬介は鉄芯《てっしん》を仕込んでいる表戸からの侵入はないと裏に集中していた。

どれだけ隠そうとしても忍《しのび》の修業でもしていないかぎり、数が集まればどうしても気配は漏れる。

「……来たな」

左馬介が目を細めた。

「木戸がきしんだな」

わざと裏木戸は建て付けを悪くしてあり、開けると小さい音ながらもきしむようになっている。

「さて……」

左馬介が身体の脇に置いていた太刀《たち》を手に立ちあがった。

「諫山さま」

台所口で喜代が震えていた。

「なにをなさっておる」

とっくに寝ていると思っていた喜代が、夜着ではなく常着のままで待機していたことに左馬介は驚いた。

「夕餉が早かったので、お腹《なか》が空《す》かれるのではないかと思いまして」

「握り飯ならもらっているぞ」

寝ずの番をする日は、夜食代わりの握り飯を用意してくれている。左馬介が首をかしげた。

「おにぎりだけでは、汁物が欲しくなりましょう」

「味噌汁《みそしる》か。ありがたいが、喜代どのの負担になるだろう。朝も早いのだから、もう休まれよ」

喜代の好意をうれしく思いながらも、左馬介は手を振った。

「……先ほど裏木戸が開きました」

「つっ」

侵入者に喜代が気づいていることに左馬介が絶句した。

「敷地のなかで女中に隠しごとはできませぬ。裏木戸が開けばきしむと、女中の皆が知っておりまする」

喜代が胸を張った。

「またでございますね」

かすかながら喜代の表情が強張《こわば》った。

「わかっていたならば、隠れていてくれ」

左馬介が頼んだ。

「はい」

素直に喜代がうなずいた。

「決して出てこられるな」

もう一度左馬介が念を押した。

「お気を付けて」

喜代が泣きそうな顔で左馬介を見送った。

「……これが守りたいという想いか」

台所口を出たところで、左馬介が振り向いた。

左馬介が一度大きく息を吸って、裏木戸へと目を向けた。

「えッ、……諫山」

津川九郎が左馬介を見つけた。

「なぜ、そこに」

阿蔵が驚いた。

「鼠賊《そぞく》ごときの浅はかな計略など、とうにお見通しよ」

左馬介が夜目にもわかるように、大口を開けて笑った。

「町方に報せていないのにか」

「おまえたちごときに町方の手は借りぬ」

津川九郎の確認に左馬介が嘯《うそぶ》いた。

「言ってくれる」

館山が太刀を抜いて前に出てきた。

「やめておけ、おまえでは勝負にならぬ」

左馬介が館山を挑発した。

「言うたな、その傲慢《ごうまん》、地獄で後悔するがいい」

館山が太刀を振りあげながら左馬介へと迫ってきた。

「足下がお留守だぞ」

勢いよく振り切られた館山の太刀をかわしながら、左馬介が蹴りを放った。

「がっ」

左の臑《すね》を蹴飛ばされた館山がうめいた。

「折れなかったか。まだ踏み込みが甘いようだ」

冷静に左馬介が考察した。

「津川、どうなってる。こんな腕利きだとは聞いてないぞ」

阿蔵が津川九郎を叱りつけた。

「二年だぞ、二年でここまで変わるとは思わないだろうが」

津川九郎が首を左右に振った。

「館山、てめえも偉そうな口をたたくなら、それだけのことをしやがれ。分け前を減らすぞ」

今度は責任を館山に押しつけようと阿蔵が喚《わめ》いた。

「あううう」

金が減らされるというのは、無頼《ぶらい》浪人にとって死ぬより辛《つら》い。腫の痛みに耐えて館山が立ちあがった。

「震えてるぞ」

左馬介が館山を嘲笑した。

「黙れええええ」

館山が怒りを露《あら》わにした。

「馬鹿、落ち着け」

津川九郎が館山を宥《なだ》めようとしたが、無駄であった。

「なぶり殺しにしてやる」

太刀を振り回しながら、館山が左馬介に襲いかかった。

「法も技もない」

今まで戦ってきた者たちとの差に、左馬介は唖然となった。

「恐怖で竦《すく》んだようだなあ」

動きの止まった左馬介を見て、勝ち誇った顔で館山が太刀をぶつけてきた。

「……ぬん」

すばやく鉄扇《てっせん》を抜いた左馬介が、館山の太刀を払った。

「えっ……」

甲高《かんだか》い音を立てて、館山の太刀が折れた。

「刀が、刀が……」

館山がわずかに残った刀身を見つめて呆然《ぼうぜん》となった。

「戦いの最中《さなか》に敵から目を離すとは……」

あきれながら左馬介は、鉄扇を館山の首元へ落とした。

「ぐっ」

右の鎖骨をへし折られた館山が一言うめいて気絶した。

「あれは飾りじゃなかったのか」

津川九郎が鉄扇に驚いていた。

生活に余裕のない浪人が扇を持っていることはまずなかった。その扇をずっと腰に差している左馬介をかつての津川九郎は不思議そうな目で見ていたが、まさか武器だとは思ってもいなかった。

「まずい。館山がやられた」

我に返った津川九郎が慌てた。

「ひえっ」

割介が後ずさった。

「次は誰だ」

鉄扇を掲げて左馬介が問うた。

「てめえ、いい加減にしろ。これ以上邪魔するなら、あの女芸妓は無事じゃすまねえぞ」

阿蔵が必死の形相《ぎょうそう》で脅迫した。

「…………」

それに応じず、左馬介は黙って迫った。

「嘘《うそ》じゃねえぞ。あいつを無茶苦茶にしたうえで、岡場所に売り飛ばすぞ」

「やれるものなら、やってみるがいい」

蒼白《そうはく》な顔色で脅しを続ける阿蔵へと左馬介は歩を進めた。

「駄目だぁ」

割介が最初に耐えかねて逃げ出した。

「あっ、待て」

津川九郎も阿蔵を見捨てた。

「おめえら、今までの恩を忘れやがって」

阿蔵が津川九郎たちを罵《のの》りながら、後を追った。

「行ってくれたか」

左馬介がほっと息を吐いた。

一度やむを得なかったとはいえ人を殺《あや》めてしまい、しつこく町奉行所同心に追い回された経験が左馬介の大きな心の傷になっていた。

「死んでないなら、布屋の親分に渡せるな」

転がっている館山を左馬介が見下ろした。

三

荷持ちの二人を放り捨て、這々《ほうほう》の体《てい》で逃げ出した阿蔵たちは、左馬介が追いかけてこないと知ったところで、皆腰を落として荒い息を吐いた。

「話が違うじゃねえか」

「ああまで変わっているなんぞわからぬわ。刀なんぞ邪魔だと言っていたのに」

阿蔵と津川九郎がまたも同じことで口論をした。

「どうしやすんで、館山の旦那は捕まっちまいましたぜ」

割介が二人の口喧嘩《くちげんか》に割って入った。

「ちっ、腕もねえくせに威張っていやがった」

腹立たしいと阿蔵が罵倒《ばとう》した。

「だが、あいつは我らの隠れ家を全部知っているぞ」

津川九郎が冷静に問題を述べた。

「江戸を売るしかねえ。それも今夜中にだ」

阿蔵が決断した。

「金がござんせんよ」

今宵《こよい》の稼ぎをあてにしていた阿蔵たちは手持ちの金を遊びに使い果たしていた。

「行きがけの駄賃をもらおう」

阿蔵が不意に言った。

「どこを襲うというのだ。まったく調べもしてないぞ。押し入ったはいいが、腕の立つ用心棒がわらわら出てきましたでは困るし、用心棒はいなくても金がなきゃ意味もない」

津川九郎が無茶だと首を横に振った。

「店じゃねえ。あの用心棒への仕返しも兼ねて、芸妓を襲おうというんだ。売れっ子芸妓なら、金も貯《た》めこんでいるだろうし、さんざん遊んでから売り払っても、あれだけの女だ、捨て値で百両は堅い」

「そいつはいいや」

割介が阿蔵の提案に賛同した。

「……復讐《ふくしゅう》か。それもいいな」

津川九郎も了解した。

「行くぞ」

阿蔵に率いられた三人の盗賊が村垣伊勢の長屋を目指して駆け出した。

「足音……聞き慣れぬな」

村垣伊勢が長屋へ近づく足音に耳をそばだてた。

女お庭番として江戸市中探索の任にある村垣伊勢は、いつどこから狙われるかわからないのだ。少しの物音でも目が覚める修業は積んでいるし、同じ長屋の住人の足音は覚えている。

「足運びは素人《しろうと》……」

足音でも武芸のたしなみがあるかどうかくらいはわかる。しっかりと修業した者はどのような動きをしても、身体の重心がずれないので足音は立たないか、立っても規則正しく、小さい。左右で足音に差がある、大きな音を立てるのは心得がない証拠であった。

「また隣か」

村垣伊勢が左馬介側の壁を見つめた。

「この刻限ならば、仕事中のはず」

怪訝な表情を浮かべながら、念のためと村垣伊勢が懐《ふところ》刀《がたな》を夜具の下へと忍ばせた。

「ここだな」

息を殺している村垣伊勢の長屋の前で足音が止まった。

「へい」

「よし、襖《ふすま》を蹴破れ。近所に気づかれてもかまわねえ。女を楽しむのは後だ。さっさと担ぎ上げて、船へ運びこめ」

「親分は……」

指示した阿蔵に割介が尋ねた。

「家捜しだ。金だけでなく、売れそうな小間物なんぞを洗い浚《ざら》いいただく」

阿蔵が告げた。

「ただの押し込み……」

村垣伊勢の緊張が解けた。

「やれっ」

阿蔵の合図で割介が戸障子を蹴破った。

「な、なにが……」

「いたぞ」

物音に驚いて飛び起きた体の村垣伊勢に津川九郎が近づいた。

「あなたたちは……」

「恨むなら隣の用心棒を恨め」

そう言って津川九郎が村垣伊勢に当て身を入れた。

「あっ」

村垣伊勢が意識を失って倒れた。

「あっしが担ぎやす」

割介が倒れた村垣伊勢を背負った。

「こいつあ、見た目よりでけえ」

背中の感触に割介が下卑た笑いをした。

「さっさといけ。急げ」

すでに簞笥《たんす》などを物色している阿蔵が割介を叱った。

「えへっへ」

だらしない笑いのまま割介が長屋を出た。

「なんだ、どうした」

「うるさいぞ」

戸障子の破れる音で目覚めた長屋の住人が顔を出した。

「ひっこんでいろ」

津川九郎が刀を抜いて、住人たちを脅した。

「ひえっ」

「段平《だんびら》出してやがるぞ」

ほのかな月明かりでも白刃は光る。長屋の住人たちが、巻きこまれてはたまらないとばかりに閉じこもった。

「先に行くぞ」

長屋の住人をおとなしくさせた津川九郎が阿蔵に声をかけた。

「ああ、こっちももう少しで終わる。けっこうな物持ちだぞ。こいつ」

両手に簪《かんざし》や櫛《くし》などの小間物を持ちながら、阿蔵が喜んだ。

「……潮時をまちがえるな」

「そのへんの駆け出しと一緒にするな。獲物に夢中で町方が来たのに気づかないなんて馬鹿はしねえ」

もう親分だとか子分だとか言っていられる状況ではなくなっている。言葉遣いの変化も当然であった。

「持ち逃げするなよ」

「するか。こんな小物よりも、あの芸妓のほうがはるかに値打ちものだ。そっちこそやり逃げするんじゃねえぞ」

嫌味を言った津川九郎に阿蔵が言い返した。

「待ってる」

津川九郎が消えた。

「……このくらいか」

煙草を一服するくらいの間をさらに使って、金目のものを奪った阿蔵が、手近にあった村垣伊勢の座敷着を風呂敷《ふろしき》代わりにして長屋を後にした。

千両箱は重い。それを陸上で運ぶのは疲れるし目立つ。荷車を使えば少しは楽になるが、夜中のそれは目立つ。

「夜逃げか」

物見高い江戸の住人が、夜中の荷車を見逃してくれるはずもない。それこそ野次馬を引き連れての逃走劇になりかねなかった。

重い金を目立たず運ぶには船がなによりであった。船だと千両箱がいくつあっても船頭一人で運べる。さらに千両箱の上に薦《こも》をかければまず気づかれない。

阿蔵たちは大川端にもやってあった船にたどり着いた。

「はあはあ、気持ちはよかったけれど、女一人は重い」

船のなかに村垣伊勢を落とすように下ろした割介が力尽きたと膝を突いた。

「軽そうだがな」

「……見た目よりもみっしりと肉が詰まってやすよ。こういった女は、床もいい」

大川の水を飲んで少し落ち着いた割介が述べた。

「そいつは楽しみだ」

「……おいおい、親分よりも先に手を出そうなんて、厚かましいな」

座敷着の風呂敷を担いだ阿蔵が船に乗りこんできた。

「いかがでやした」

女もいいが、金もいい。割介が戦果を問うた。

「金は十両足らずだが、小間物はかなりいいぞ」

座敷着を風呂敷として使うために結んでいた袖《そで》を阿蔵が解《ほど》き、なかから櫛を取り出した。

「この櫛なんぞどうだ。螺鈿《らでん》だぞ。これ一枚で五十両はくだるまい」

「櫛一枚で五十両……」

「この簪は金銀を惜しげなく使っている。これも五十両はする。あつらえた男は相当な金持ちだな」

「ほええ。女は美人だといくらでも金になるんでやすね」

割介が感嘆した。

「もっともこういったものは、俺らが売りに出したところで、足下を見られて買いたたかれるからな」

阿蔵がすべての小間物を船のなかへぶちまけた。

「……全部で八十両というところか」

「意外とあったな」

値踏みした阿蔵に津川九郎が口の端を吊《つ》りあげた。

「……なんだ、これは」

阿蔵が転がった小間物のなかから変哲もない柘植《つげ》の櫛を拾いあげた。

「こんな安物を持ってきた覚えはねえ。要らねえな」

阿蔵が櫛を大川へ捨てようとした。

「やめてもらおうか。それは気に入っている」

気絶していたはずの村垣伊勢が船の中央に立っていた。

「へっ……」

「馬鹿な、船が揺れもしなかったぞ」

村垣伊勢から略奪品に目を移していた割介と津川九郎が唖然とした。

水に浮かんでいる船のなかで寝ている状態から起きあがるのはかなり難しい。長年船頭や漁師をやっている者でも揺らさないのは無理であった。

「おい、押さえつけろ。逃がす気か」

阿蔵が最初に反応した。

「そうだ」

「怪我《けが》をしたくなければおとなしくしろ」

足下の不安定な状態で割介と津川九郎が村垣伊勢を取り押さえようとした。

「やあっ」

割介が村垣伊勢に飛びついた。

「重いなどと女に言う奴は地獄行きだ」

村垣伊勢が割介の胸の中心を拳《こぶし》で打った。

「……くふう」

小さく息を漏らすような音を出した割介が大川へ落ちた。

「割介っ」

「こいつ」

阿蔵があわてて川面《かわも》を見、津川九郎が迫るのをやめて、村垣伊勢を観察した。

「隣の用心棒のせいだと言っていたな。あやつがなにかしたのか」

「くそっ」

問いかけた村垣伊勢を無視して、津川九郎が刀を抜こうとした。

「あわっ」

刀を抜くには腰をひねらなければならない。だが、船のうえで急激な動きは重心が保てない。津川九郎がよろけた。

「話す気はないと。まあいい。明日にでも本人から問いただす」

村垣伊勢が津川九郎の間合いにすっと入りこんだ。

「なんだあ」

目の前に白皙《はくせき》の美貌が迫ったことに津川九郎が動揺した。

「固い肉で悪かったの」

焦っている津川九郎にそう言った村垣伊勢が、脇差《わきざし》を奪って刺した。

「ああああああ」

腹を貫かれた津川九郎がやはり川に沈んだ。

「ひいいいい」

阿蔵が悲鳴をあげた。

「化けもの……」

「逃がすわけなかろう」

背を向けて陸を目指そうとした阿蔵の背中を村垣伊勢が蹴飛ばした。

「あわっ」

蹴飛ばされた勢いで船縁《ふなべり》に顔をぶつけた阿蔵がうめいた。

「さて、話をしようじゃないか。おまえは盗人《ぬすっと》だな。その盗人がなぜ諫山にかかわってくる」

倒れた阿蔵の背中に村垣伊勢が足を置いて、身動きを封じた。

「……………」

「言わなくても別にかまわぬ。口のないのは死人と同じだからな。役に立たぬ者は片付けるに限る」

村垣伊勢が阿蔵の背中に載せている足へ力を入れた。

「ぐえっ」

蛙《かえる》が潰《つぶ》されるような苦鳴《くめい》を阿蔵が発した。

「もうちょっとで折れるな」

力をますます村垣伊勢がこめた。

「た、たしゅけて……」

泣きそうな声で阿蔵が願った。

「話せ。他人目《ひとめ》についたら、おまえも困るんだろう」

一層、足に力を入れて村垣伊勢が急《せ》かした。

「わかった。言う、言うから足を……」

「話し終わったら除《の》けてくれる」

求める阿蔵に村垣伊勢が拒否した。

「……始まりは、さっき川へ落ちた浪人が、顔見知りの浪人を見かけたことだ」

「それが諫山だな」

「な、名前は知らねえ。ただ羽振りがよさそうだから……」

阿蔵が語った。

「偶然か」

村垣伊勢が呟《つぶや》いた。

「も、もういいだろう。二度と近づかねえ。このまま江戸を出ていく」

「ほれ」

すんなりと村垣伊勢が足をどかした。

助かると阿蔵が喜んだ。

「っ……ありがてえ」

背中の圧迫がなくなった阿蔵が、あわてて起きあがった。

「待て」

逃げようとした阿蔵を村垣伊勢が引き留めた。

「…………」

「船をどうにかしろ。こんなところに泊めておいたら迷惑だろう」

村垣伊勢が船を指さした。

重い千両箱を積みこむつもりでいたのだ。葦《あし》などの邪魔がなく、乗りこみやすい地形を選んでいる。日が高くなれば、渡し船や荷船が好んで使う場所になる。そんなところに持ち主のわからない船を残されては迷惑であった。

「いいのか」

船のほうが下る勢いで逃げ足が速くなる。

「さっさとしろ」

ひらりと船から下りた村垣伊勢が、少し離れた。

「………………」

ゆっくり、村垣伊勢を見たままで阿蔵が船へ乗りこんだ。

「……覚えてやがれ」

船が岸から離れ、とても飛び乗れないところまで来たところで、阿蔵が捨てぜりふを吐いた。

「いつかきっと痛い目に……」

阿蔵の声が途切れ、船のなかへ崩れ落ちた。

簪に見せかけていた棒手裏剣を村垣伊勢が投げつけ、阿蔵の喉《のど》を貫いたのだ。

「足を除けると言ったが、見逃すとは言ってない。上様のご城下を騒がせた鼠賊《そぞく》を放しなどするわけないだろうが」

村垣伊勢が背を向けた。

分銅屋からの報《しら》せを受けた浅草門前町を縄張りとする御用聞き、布屋の親分は駆けつけながらため息を吐《つ》いた。

「呪われているんじゃねえか、分銅屋さんは」

「この三月《みつき》で何度、行きましたかねえ」

並走する下っ引きもあきれていた。

「今度は盗賊だそうだな」

「へい。報せにきた手代の話では、浪人一人だそうで」

布屋の親分に訊かれた下っ引きが答えた。

「浪人一人で、両替屋に押し込むか」

両替商は金を扱うだけに、店も蔵も厳重に戸締まりをする。それこそ名ありの盗賊が十人集まって襲うようなところなのだ。そんなところに、いくら太刀を持っていようとも浪人一人が押し込むはずはなかった。

「勘弁して欲しいな」

「………」

嘆く布屋の親分に下っ引きは沈黙を守った。

布屋の親分に分銅屋仁左衛門がどれだけの金を渡しているか、知っているからであった。

町奉行所の与力、同心から十手《じって》を預けられている御用聞きだが、その給金は雀《すずめ》の涙よりも少なかった。

吟味方の与力で月に二分、同心だと一分、よほど羽振りのよい者で一両くらいである。これで縄張りを維持するに足るだけの下っ引きを抱え、己の生活を賄《まかな》うなどできるはずもない。

御用聞きのなかには、妻になにかの店をさせ、その売り上げでやっている者もいるが、ほとんどは縄張り内の商家からもらう心付けを生活の糧《かて》としていた。

浅草門前町という商家が多い場所を縄張りとしている布屋の親分もそちらであった。心付けは月極《つきぎめ》ではなく、節季ごとになる。店構えや扱う商品などによって心付けの金額は上下するが、分銅屋仁左衛門は盗人に狙われやすい両替商だからか、破格の金額を布屋の親分へ払っていた。

「今後はご勘弁を」

あまりに面倒だと心付けを断ることもできるが、それは布屋の親分の致命傷になる。分銅屋仁左衛門からの心付けがなくなるだけでも大幅な減収になるが、断ったということを知った他の商家も離れていくからであった。

心付けは、なにかあったときによろしくお願いしますという、いわば前払いのようなものである。なにもなければ、まったくの無駄金になる。それをわかっていて商家が金を出している。それがいざとなったときに面倒見切れませんので、おつきあいはこれまでになどと言おうものならば、金のただ取りと思われて当然である。

「役に立たない者に金は払えません」

あっという間に布屋の親分へ心付けを払う商家は減る。

それだけですめば、まだやっていける。御用聞きは縄張りでの飲食はただにできる。

「すまねえな」

「なんかあったら、すぐに言いな」

十手を見せて、こう言うだけで代金は免除される。

食い逃げだ、酔っ払いだともめ事の多い飲食の店は、心付けを払わない代わりに無償で飲食を提供してくれた。もちろん、あまり頻繁にやれば嫌われるが、浅草門前町ともなれば、店も多い。毎回店を替えさえすればまず、喰《く》うには困らなかった。

問題は、商家からの苦情が十手を預けてくれている与力、同心のもとへ行くことであった。

「そのようなことを」

盗賊に入られた店を守るどころか、見放した。それを己が信頼して十手を預けた手《て》下《か》がした。それは与力、同心の見る目がないとの証明になる。町奉行所でも花形と言われる、吟味方与力、廻り方同心にとって悪評はまずい。

「十手を返せ」

悪評が立つ前に処分をすませ、商家たちの溜飲《りゅういん》をさげるしかない。御用聞きが十手を取りあげられたら終わりであった。今まで十手に遠慮していた連中が我慢をやめて、牙《きば》を剝《む》く。下手《へた》をすれば、御用聞きが大川に浮く羽目になった。

「まあ、佐藤の旦那がいないだけましだな」

布屋の親分が苦笑した。

第三章　出世の代償

一

田沼家の勘定方《かんじようかた》は忙しい。急速な立身出世に体制が追いついていないからであった。

「少し早いが、今日はここまでにしよう。最近無理が続いておるでな。疲れがたまって明日以降に差し障《さわ》るほうがよろしくない」

勘定組頭《くみがしら》を兼任している次席用人の佐伯が筆を置いた。

「はっ」

「お疲れさまでございました」

勘定方たちが指図に従った。

「最後の者が、火の用心を確認いたせよ」

さっさと上司がいなくなってやらねば、下僚《かりよう》たちは仕事を終われない。

佐伯が最初に勘定方の執務部屋を離れた。

「いや、お疲れでござる」

「珍しく、早《はよ》うござるな」

勘定方の者たちが緊張をほぐした。

「さて、拙者《せつしや》はこれで」

「おやお早い。どこかへお出かけかの」

いち早く腰をあげた若い勘定方に三谷《みつや》幾次郎《いくじろう》が問うた。

「少し、そこまで」

若い勘定方がごまかした。

「殿のお名前で呉服橋御門を門限にかかわりなく通れるとはいえ、ほどほどにな」

「承知いたしております」

三谷幾次郎の注意に若い勘定方がうなずいた。

「……三谷どの」

「衛藤《えとう》か」

若い勘定方を見送った三谷幾次郎のもとへ別の勘定方が近づいた。

「布川《ふかわ》はたしか、二年前に仕官して参った者でございましたな」

「ああ、拙者が面談をした。算勘《さんかん》の術に秀でているとして、たしか林大学頭《はやしだいがくのかみ》さまのご推薦状を持って来たはず」

「林大学頭さま……となると旗本の縁者でございますか」

「お勘定頭を務めた布川頼母《たのも》どのの三男だったと覚えておる」

衛藤の問いに三谷幾次郎が答えた。

「あやつでございましょうか」

「わからぬが……さっさと見つけ出さねば、お家に傷が付く」

疑いを口にした衛藤に、三谷幾次郎が苦い顔をした。

「後は分銅屋に任せるしかない」

田沼家の出入りを分銅屋の手の者が見張っていると三谷幾次郎は教えられていた。

「それでよろしいのでしょうや。家中《かちゅう》の監察まで商人に預けるような形はいかがなものかと思いまする」

衛藤が懸念《けねん》を口にした。

「当家には津多屋《つたや》という出入りの両替商がございますのに、新参の分銅屋に傾くのはよろしくないと思いますが」

「殿の仰せじゃ」

「……しかし」

「それ以上は止《よ》せ。そなたまで抜けられては、勘定方が回らなくなる」

主君への非難になりかねないと三谷幾次郎が制した。

「申しわけございませぬ」

「気を付けろ。我らは新参ぞ。まだ当家にご奉公させていただいて五年に満たぬのだ。なにかあれば疑われるぞ」

詫《わ》びた衛藤に三谷幾次郎が釘《くぎ》を刺した。

「さて、儂《わし》も帰る」

三谷幾次郎が手を振った。

呉服橋御門は江戸城でも重要な位置づけにあるが、そのなかに北町奉行所や、老中や若年寄に与えられる上屋敷《かみ》があるため、門限とされる暮れ六つ（午後六時ごろ）を過ぎても通行は可能であった。

とはいえ、大門は閉じられ、左右の潜門《くぐりもん》が求めに応じて開かれるだけであった。

「田沼家中、布川亀弥《かめや》でござる」

いかに早く職務を終えたとはいえ、すでに暮れ六つは過ぎている。

布川亀弥は呉服橋御門を守る番士に名を名乗って、潜門を開けてもらった。

「田沼さまのご家中か、気を付けられよ」

門を開けてくれた番士がていねいな言葉を付けた。

「かたじけなし」

礼を言った布川亀弥が潜門を出た。

「……これも殿のご威光じゃな」

布川亀弥が感心した。

江戸城の重要な門は諸大名が輪番《りんばん》で警固している。数万石ていどの外様《とざま》小藩であることが多く、将軍寵臣《ちょうしん》の恨みを買えば、手痛い目を見かねない。

「くれぐれもご無礼のないように」

諸門警固の当番となった大名家では、出務する藩士たちに寵臣の家臣たちへ注意をするようにと言い聞かせていた。

「出てきたが……あの面《つら》は……」

呉服橋御門を出たところで分銅屋仁左衛門に雇われた小者《こもの》が布川亀弥を見つめた。

小者たちには分銅屋仁左衛門から、田沼家の勘定方で不審の疑いを拭《ぬぐ》い去れていない五名の人相書きが渡されていた。

「丸顔、瘦《や》せ形で左眉の付け根にほくろ。裃《かみしも》の紋は剣菱《けんびし》……まちがいない。勘定方の布川亀弥だ」

小者が手元にある人相書きと照らし合わせた。

「おいらがいく」

数名いた小者の一人が手をあげた。

「頼んだ、佐太《さた》」

人相書きを確認していた小者が送り出した。

「……どこへ行きやがる」

佐太と呼ばれた小者が布川亀弥の後を見え隠れしながら付けた。

かつては暮れ六つとともに閉じられた町木戸も、夜間の通行が増えるとともに形骸《けいがい》化してしまった。よほどうるさい町役《ちょう》人がいる町か、最近盗賊の被害が出たところでもなければ、ほとんどの町木戸は開けっぱなしになっている。

「堀沿いを左に曲がったな。あれが金座《きんざ》だから……行き先はやはり六本木か」

佐太が独りごちた。

幕府から小判や分金《ぶきん》、朱金《しゅきん》などの金を製造する許可を得ている後藤家の屋敷を金座と呼び、江戸城常盤橋《ときわばし》御門を出てすぐのところにあった。その金座の前をさらに北東へ堀沿いを進めば、松浦屋がある六本木になる。

「六本木の角で曲がった……松浦屋は二筋目を入ったところだと聞いているが」

店の場所、店主、商いの品目、売り上げなど、分銅屋仁左衛門は松浦屋の名前が出てすぐに調べをさせていた。

「……消えたっ。裏へ回りやがったな」

布川亀弥の背中を見失った佐太が小走りになった。

「…………」

とはいえ、いきなり布川亀弥の曲がった路地へ突っこむような心得のないまねはしない。

「後を付けてきたな」

と待ち伏せでもされていたら、言いわけがきかないのだ。

「……大丈夫だな」

「では……」

一度路地を行きすぎながら、ちらと見た佐太が誰もいないのを確認した。

佐太が路地へと足を踏み入れた。

松浦屋は江戸に幕府が開かれて間もないころに進出してきた。その名前からもわかるように九州は肥前《ひぜん》の出で、先祖はイギリスとの交易で財をなしたと言われている。しかし、幕府の鎖国政策によって交易は長崎出島《でじま》だけとなり、交易からあぶれた松浦屋は思いきって江戸へ出た。かつてのつきあいから白砂糖が手に入りやすかったというのを利用して、当時としては珍しい甘い菓子の販売を始め、たちまち評判を得、多くの大名家だけでなく、大奥へも品物を納めるまでになっていた。

「さすがは松浦屋だ。辻《つじ》から辻までぜんぶが敷地。つまり路地は松浦屋に用のない者には縁がないということだ」

佐太が確認した。

「旦那へご報告だ」

なかへ忍びこんで松浦屋と布川亀弥の話を盗み聞くまではしない。

たしかに二人の会話を聞き取れれば、よりしっかりとした証拠になるだろうが、欲をかいて捕まりでもしたら大事になる。もちろん、佐太は分銅屋仁左衛門の名前を出さないつもりではいるが、盗賊として町奉行所に引き渡されれば、当分世間には出られなくなる。実害がないということで、いずれは放免されるだろうが、それでも十日やそこらは小伝馬町《こでんまちょう》の牢《ろう》で過ごし、余罪追及という名目でおこなわれる責め問いも受ける。

当たり前のことだが、こういった失敗の尻拭《しりぬぐ》いを分銅屋仁左衛門はしてくれなかった。

「わたくしが頼みました」

などと自白しようものならば、分銅屋はまず潰《つぶ》れる。両替商という金を扱う商売は、信用が第一なのだ。

「……明日はうまい酒にありつけそうだ」

こういった手柄に分銅屋仁左衛門は気前がよい。約束した日当以外にも心付けをくれる。だけに分銅屋仁左衛門の用ともなれば、人が簡単に集まった。

頬を緩《ゆる》ませながら佐太が仲間の待つ呉服橋御門前へと戻り始めた。

盗賊の後始末を押しつけられた形になった村垣伊勢は腹を立てていた。

「目立たぬように始末せねばならぬからとはいえ、どこの何者かもわからぬ連中に身体《からだ》をまさぐられたこちらの身にもなれ」

寝ずの番を終えて、昼までの睡眠をむさぼろうと長屋へ帰ってきた左馬介は、手ぐすねを引いていた村垣伊勢に捕まった。

「拙者に言われても困る。盗賊どもを追い払ったのは、用心棒として当然の仕事であり、逃げ出した連中がどこへ行ったかまでは責任が取れぬ」

左馬介は正論を持ち出した。

「ほう」

村垣伊勢の目がすっと細くなった。

「………」

左馬介がしまったという顔をした。

「どうやら、まだ女というものがわかっておらぬようじゃの」

「しかしだな、盗賊のしでかしたことで、拙者が詫びるというのも……」

声まで低くなった村垣伊勢に左馬介が引きつった顔をした。

「全部話せ」

「な、なにを」

「そこまで言わせる気か。盗賊の経緯をだ。偽りは許さぬ。こちらも盗賊の一人、阿蔵とかいう男から聞いている」

腰の引けた左馬介に村垣伊勢が迫った。

「わかった、わかったから、少し離れてくれ」

怪我《けが》をして以来、遊所に出入りするどころか、己で処理さえできていない。そんなところに村垣伊勢に近づかれては、その白粉《おしろい》や鬢《びん》付けの匂《にお》いを感じて反応してしまう。独り身の男だけに、隣の女を相手に欲情したというのは、あまりに外聞が悪すぎる。

「……ふうむ」

村垣伊勢がちらと左馬介の腰の辺りを見た。

「………………」

無言で村垣伊勢が少し下がった。

「ふう」

間合いが空いたことで左馬介が安堵《あんど》の息を吐いた。

「……甘いわ」

膝で村垣伊勢が跳び、そのまま左馬介の上に馬乗りになった。

「ぐえっ」

腹に尻を置かれた左馬介が呻《うめ》いた。

「ほう、おまえもわたしが重いと言いたいのだな。昨日、そう言った男がいたのだが、どうなったか知りたいか」

「とんでもない。羽根のように軽い」

その男が何者か、すぐに理解した左馬介が、大慌てで首を振った。

「どいてはくれまいか」

「はいと言うわけなかろう。除《の》けたかったら、すべてを話せ」

頼んだ左馬介を村垣伊勢が一蹴《いっしゅう》した。

「話し終えたらどいてくれるな」

先ほどより近いどころか、しっかりと尻の形がわかる感触に左馬介が降伏した。

「すべてを話したらな」

村垣伊勢がすべてを強調した。

「あれは昨日の夕刻……」

湯屋《ゆや》へ出かけたところから左馬介が語り始めた。

「……で一人の浪人を昏倒《こんとう》させたところで、他の連中が逃げ出したのだ」

左馬介が経緯を話した。

「………」

「以上なのだが、どいてくれぬか」

終わっても動こうとしない村垣伊勢に左馬介がおずおずと求めた。

「すべてと言ったはずだが」

「これで全部だ」

まだあるだろうと訊《き》く村垣伊勢に左馬介が強く首を左右に振った。

「まだおぬしの出自を聞いておらぬ」

「拙者の出自……そんなもの浅草の貧乏長屋で親の代からの浪人でしかないぞ」

問われた左馬介が驚いた。

「どこの家中だった」

「知らぬ。父はその話を頑《かたく》なに拒んでいた」

左馬介が知らないと言った。

「おぬしに訛《なま》らしい訛はないが、生まれたときから江戸か」

「そうだ。生まれたときから、今までずっと長屋で暮らしてきた。江戸以外、いや、浅草付近しか知らぬ」

「母御《ははご》はどうだ」

「幼いうちに死に別れたゆえ、あまりよくは覚えておらぬ」

「父御と母御の話に、国元のこととかでなかったのか」

「…………」

左馬介が考えこんだ。

「……なにか聞いたような気がするが……子供のときのことだ。思い出せぬ」

「思い出せ」

「無茶を言うな。こんな状況で冷静に思い出せるか」

左馬介が村垣伊勢に腹を立てた。

「そうか。では、抱け」

「はあ」

不意に言った村垣伊勢に左馬介が間抜けな顔をした。

「性欲で頭が沸騰しておるのだろう。それを解消してやろうというのだ」

村垣伊勢が手を背中に回して、扱《しご》きの一つを解いた。

「なにをする」

左馬介が慌てた。

「やめぬか」

「わたしでは不満だと」

手を押さえようとした左馬介を村垣伊勢が睨《にら》みつけた。

「そうではない。そうではないが、思い出せるという保証はないぞ」

左馬介が無駄になるかも知れないと、妙な理屈で反対した。

「可能性はあるだろう」

「そういう理由でやることではない」

「なにを言うか。おまえも女ぐらい買うだろう」

村垣伊勢が怪訝《けげん》な顔をした。

「あれは……だな。売りもの買いものというか……互いに納得ずくで金でだな、そのだな」

支離滅裂《しりめつれつ》な言いわけを左馬介がした。

「同じだ。おまえは性欲を発散し、代わりにわたしは話が聞ける。対価は十分だ」

「違う。絶対違うぞ。顔見知りの女とそういう理由でだな」

左馬介が焦った。

「心の交流が欲しい……と」

「商売ではないのだ。そういった仲になるというのは、子ができてもよいということなのだぞ」

村垣伊勢の言葉に左馬介が応じた。

「子が欲しいのなら産んでやるぞ」

「まちがえている。おぬしは」

左馬介が真剣な声で村垣伊勢を叱《しか》った。

「役目だとわかっている行為に価値はない。やる気にならぬわ」

「ほう、ここを……」

その気にならぬと言い切った左馬介の股間へ手を伸ばした村垣伊勢が唖然《あぜん》とした。

「わかっただろう。女もそうだろうが、男も気分というのがある」

「その気にならぬと」

「ならぬ。とにかく今はならぬ」

これ以上絡《から》まれては困ると、左馬介が次はわからないと逃げた。

「思い出したらかならず、おぬしに話す」

「本当だな。隠すとためにならぬぞ」

「誓う」

釘を刺す村垣伊勢に左馬介が何度も首を縦に振った。

「では、もう一つ訊く」

「まだあるのか」

左馬介が辟易《へきえき》とした。

「鉄扇術《てっせんじゅつ》についてだ」

「あれは祖父が、川中島《かわなかじま》における武田信玄《たけだしんげん》と上杉謙信《うえすぎけんしん》の戦いに憧れて、軍配《ぐんばい》で刀を受けるという稽古を積んでだな」

「軍配ではないだろう」

村垣伊勢が指摘した。

「当たり前だろう。軍配なんぞ、今どきそう売ってないわ。それに木でできた軍配では、刀なんぞ防げるはずもなかろう。一回毎《ごと》に潰されていては、金がかかりすぎるわ」

左馬介が言い返した。

「憧れたというわりには情けないことだな」

「第一、今の世のなか、軍配を手にしているだけでおかしいだろうが」

戦場で合図のために軍配は使用された。泰平の世に軍配の出番はない。たしかに扇のようにあおぐことはできるが、使いにくい。幅も広いし、柄《え》もそこそこの長さがあり、懐《ふところ》にも入らない。はっきりと言って、軍配に使い道はなかった。

「いつから鉄扇になった」

「少なくとも拙者が習ったころには鉄扇だった。軍配を祖父が使いたがっていたというのを父から聞いてはいたが」

左馬介が答えた。

「……そうか」

村垣伊勢が左馬介の上から退いた。

「ふううう」

ようやく解放されたと左馬介が汗を拭った。

「………」

無言ですっくと村垣伊勢が立った。

「帰ってくれるのか」

生まれて初めて、左馬介は美人の帰還を惜しまなかった。

「目に焼き付けておけ」

一瞬で村垣伊勢が着物をすべて脱いだ。

「……えっ」

全裸になった村垣伊勢を左馬介は唖然として見つめた。

「女を前に役立たぬなど、男の恥じゃわ」

乳も股間も隠すことなく露《あら》わにした村垣伊勢が左馬介を罵《ののし》った。

「す、すまぬ」

思わず左馬介が詫びた。

「ふん」

満足したのか、村垣伊勢の姿は消えた。

二

左馬介の前から消えた村垣伊勢は、その足で田沼意次の上屋敷へと向かった。

「おるか」

他人目《ひとめ》の届かぬ辻の奥から、田沼屋敷の屋根へ登った村垣伊勢が呼んだ。

「ああ、どうした」

田沼意次の警固を担当しているお庭番の明楽飛騨《あけらひだ》が姿を見せた。

「少し気になることがある」

村垣伊勢が明楽飛騨に左馬介の出自についての懸念を述べた。

「草《くさ》の疑いがあると」

明楽飛騨が確認した。

「ああ」

村垣伊勢がうなずいた。

草とは、敵地に入りこんだ忍《しのび》がそこの住人として溶けこみ、何代にもわたって過ごすことをいう。いつか指示が出るまで、まったくの普通の生活を送る。なかには、密《ひそ》かにいろいろなことを調べて本国へ報告する者もいるが、それは危険を伴う。下手《へた》をすれば見つかってしまうからだ。本当の草というのは、なにもしない。代々の職人や商人として溶けこんでいる。それこそ、己が草だと知らない者も出てくる。

「なになにという印を持っている者が来たら、その者の言うとおりにしろ」

当主を譲られるときにそれだけを聞かされる。

「家老を殺せ」

「城下に火を付けろ」

ただ一度の指示を受けるために忍ぶのが草であった。

「ふうむう」

明楽飛驒が唸《うな》った。

「何度もあの浪人を見ているが、とても忍とは思えぬ」

「ゆえに草ではないかと疑っている」

首を横に振る明楽飛騨に村垣伊勢が強調した。

「草に忍の技は要らぬ」

技を伝えていては見る者が見ればわかってしまう。

「凡人こそ、よき草か」

「ああ」

明楽飛騨に村垣伊勢が同意した。

「わかった。気を付けておこう。そなたも気を引き締めよ。少し、あの浪人に入れ込みすぎているように見えるぞ」

「なにを言う」

忠告する明楽飛騨に村垣伊勢が鼻で笑った。

「あのような者、道具としても不足じゃ」

「ならばよいがの」

村垣伊勢の強がりに、明楽飛騨がため息を吐《つ》いた。

佐太から布川亀弥が松浦屋へ入ったことを聞かされた分銅屋仁左衛門が口の端をゆがめた。

「馬鹿ですねえ。今は互いの繋《つな》がりを隠すとき。ほとぼりが冷めるまで連絡を取り合わないのが吉ですのに」

「まあ、そうでなきゃ、分銅屋の旦那にちょっかい出そうなんぞと思いませんよ。少なくとも旦那のことを知っている者なら、手出しはしやせん」

佐吉も同意した。

分銅屋仁左衛門は先代が愚かで店を傾けかけた。その先代をさっさと放り出し、残り少なくなっていた分銅屋の財を狙ってきた親戚縁者を蹴散らし、借金の相手との交渉を見事にこなして、店を立て直したどころかより大きくしたのが、まだ二十歳をこえたばかりの若いころの分銅屋仁左衛門である。

「分銅屋の若旦那は、一筋縄じゃいかない」

「鳶《とび》が鷹《たか》を生んだどころか、雀《すずめ》が鳳凰《ほうおう》を生んだ」

分銅屋仁左衛門は若くして遣《や》り手としての評判をほしいままにしている。

「ちいと金を貸してくださいな。なに、金利と期日はなしで。いつか返しますよ」

「おめえの店を守ってやろうじゃねえか。月に十両でいいぜ。安いもんだろう。断ったらどうなるか、わかるよなあ」

とはいえ、商人は遣り手で当たり前なのだ。生き馬の目を抜く江戸で暖簾《のれん》を守るには、相応の実力が要《い》る。ために、評判が拡《ひろ》がるのは同じ商人が中心になり、なかには分銅屋仁左衛門のことをわかっていない者も来る。

「お貸ししましょう。金利と期日はなしでよろしゅうございますよ。ただし、担保はいただきます。あなたを差し出してもらいましょう。担保ですからね。うちの蔵で返していただくまで預かりますよ。おい、蔵へ閉じこめてしまえ」

「守ってくださる。それはありがたいですね。そうなれば、町奉行所へお渡ししている合力金《ごうりききん》が不要になります。助かりますよ。結構な金額ですし、それ以外でも町方のお役人がお見えのたびに御礼を出さなきゃいけなかったのをやめられます。番頭さん、町奉行所へ行ってね、何々さまが当家をご守護くださるので、出入りはお断りしますとお伝えしてきてください」

そういった連中は手厳しく分銅屋仁左衛門にやり返されて、大汗を掻《か》くことになる。

浅草界隈《かいわい》で分銅屋仁左衛門の辣腕《らつわん》を知らない者は潜《もぐ》りとまで言われていた。

「褒《ほ》めすぎだよ。さて、日当をお支払いしましょう」

「旦那、多過ぎやすよ。一人一日で三百五十文のお約束でしょう。二分もいただけやせん。十日分以上になりやす」

佐太が驚いた。一人三百五十文は日当として高いほうになる。三人で一千五十文、一分の五分の一にもならない。

「一日で見つかったのは偶然。十日くらいは覚悟してましたからね。残りはみんなで酒でも呑《の》んでくださいな」

分銅屋仁左衛門が強引に佐太に金を押しつけた。

「また、なにかあったら頼みます」

「へい、かならずお声をかけてくださいやし。他の仕事を放ってでも来ますから」

大喜びで佐太が帰っていった。

「うまいの」

廊下で遣り取りを見ていた左馬介が感心した。

「そうですか。働いてくれたら報《むく》いるのが当たり前。それが予想以上によいできであったら、見合うだけのものを出さなきゃ、次からまっとうにしてくれませんよ」

分銅屋仁左衛門がなにかおかしいかと首をかしげた。

「いや、拙者も助かっているのでな。ここで苦情を付けて、拙者のぶんを減らされてはたまらぬ」

左馬介が大仰《おおぎょう》に手を振った。

「諫山さまのぶんを減らすようになったら、分銅屋は一年以内に潰れますよ」

分銅屋仁左衛門が苦笑した。

「行くのだろう、報告に」

左馬介が腰をあげようとした。

「まだでございますよ」

分銅屋仁左衛門が首を左右に振った。

「お忙しい田沼さまへそれだけをお報《しら》せするのは、少し失礼でしょう。手土産《てみやげ》はもっと多いほうがよろしい」

「手土産……他になにかあるのか」

左馬介が分銅屋仁左衛門の話に首をひねった。

「昨日、布川さまでしたか、田沼さまのお勘定方が松浦屋へなにをしにいったと思われます」

「そうよなあ。珊瑚玉《さんごだま》がすでに売れてしまったことだろうか」

「さようでございまする。それとあと一つ、珊瑚玉が三百金で売れたこと」

「売り値が問題になるのか」

「なりますとも。そもそもあの珊瑚玉は、よくて二百金。三百も出す奴《やつ》は商人とは申せませぬ」

「えっ」

左馬介が啞然とした。

「はい。あの珊瑚玉を三百両で買い取ったのはわたくしでございますよ」

平然と分銅屋仁左衛門が言った。

「わからん、どういう意味かの」

左馬介が混乱した。

「珊瑚玉が三百両で売れたと聞いた松浦屋は、どう考えましょう。どこかの馬鹿が相場も知らずに値付けした。愚かな奴だと思いますか」

「……違うのだろう」

笑いながら語る分銅屋仁左衛門に左馬介が懐疑心を見せた。

「はい。そう思ってくれるようならば、問題はまったくありません」

「どう取るのだ」

左馬介が興味を持った。

「それだけの値を払っても珊瑚玉が欲しかったのではないかと深読みしてくれる」

「どうしても珊瑚玉が欲しい。好事家《こうずか》が買ったとは……」

「思いませんでしょうねえ。なにせ、大奥へ珊瑚玉を差し出してと考えられたお大名家がありますからね」

先日の尊大な態度の武士を分銅屋仁左衛門は思い出していた。

「なるほど、その珊瑚玉に三百両出した者も大奥へそれを贈ろうとしていると」

「おそらくですがね」

左馬介の推測を分銅屋仁左衛門が認めた。

「焦るだろうなあ、あの武家は」

「さぞかし」

しみじみと言った左馬介に分銅屋仁左衛門が同意した。

「昨夜に報せが来た。これは大変だと松浦屋が動くのが、今朝一番。まず、お出入りの大名家へ向かって、先日のお侍さまと会って報告……」

「話を聞いた武家が顔色を変えて、あの珊瑚玉をこえるものをなんとか手配しなければと考える」

分銅屋仁左衛門の後を左馬介が引き受けた。

「さて、どちらが来ますかね。松浦屋が来るか、先日のお侍さまが怒鳴りこんでくるか。それを見てから田沼さまのもとへご報告と思いまする」

「了解した。では、拙者は奥で仮眠を取らせてもらおう」

「おや。ご自宅で休まれたのでは」

分銅屋仁左衛門が怪訝な顔をした。

「いろいろあるのだ」

「そういえば、加壽美姐《ねえ》さんはいかがでしたか」

持ち長屋に何かあれば、大家である分銅屋仁左衛門のもとへ報せは来る。それがないとなれば、加壽美の身は無事だとわかった。

「戸障子を破られたそうだが、近隣が騒いでくれたおかげで無事だったようだ」

「よくご存じで……ははあ」

説明した左馬介に分銅屋仁左衛門がにやりと笑った。

「怖かったとすがりつかれましたね」

「…………」

誘拐されかかったのが普通の女ならば分銅屋仁左衛門の推察は正解だったろうが、実際はすがりつくどころか、押し倒されて尋問されていた。

左馬介は黙った。

「いや、それはそれは。寝たりますまい。どうぞ、刻限までおやすみなさいませ」

「違うぞ、決して分銅屋どのが思われるようなまねはいたしておらぬ」

「承知いたしておりますとも。喜代には内緒でございましょう」

「わかっておらぬではないか」

左馬介が手を伸ばしたとき、喜代が顔を出した。

「松浦屋さまというお方が、主《あるじ》どのに会いたいと」

喜代が分銅屋仁左衛門に告げた。

「おや、松浦屋でしたか。いいですよ。二番目の客間へお通しして」

「はい」

ちらと喜代が左馬介を睨んで、下がっていった。

「さて、どのような話だか」

分銅屋仁左衛門が表情を一瞬で切り替えた。

ちょっとした商家、大名、旗本の家、屋敷には客間が複数あった。これは客の格によって区別を付けるためであった。当然、奥になるほど客としての扱いは丁重になる。分銅屋仁左衛門は様子見とばかりに、初見の松浦屋をなかほどの客間へ通した。

「こちらでお待ちを」

喜代が松浦屋をなかの客間へと案内した。

「はい」

松浦屋が素直にうなずいた。

「……調度品はそこそこだね」

喜代が去ったのを確認した松浦屋が客間を調べた。

「店の大きさ、奥行きの深さ、先ほど通り過ぎた一つめの客間……それらを合わせると、ここは二番目の客間だね。奥にもう一つあるようだし。まあ、これならばよしとしましょう」

松浦屋が分銅屋仁左衛門の対応を認めた。

「ほう、床の間に掛けられている書は新しいが、なかなか勢いのある字だねえ。如水《じょすい》不形《ふぎょう》かね。水の如く形をなさずか。おもしろいね。誰の書だろう……」

ぐっと掛け軸に近づいた松浦屋の背中から声がした。

「田沼主殿頭《とのものかみ》さまでございますよ」

「……ほう」

愕《おどろ》きの声ではなく、感心の声を松浦屋が漏らした。

「お待たせをいたしました。当家の主、分銅屋仁左衛門でございまする」

「これは、不意にお訪ねしておきながら、名乗りが遅れてしまいました。贈答品の菓子を商っておりまする松浦屋船兵衛《ふなべえ》と申しまする。本日は無理を申しあげました」

松浦屋が深々と腰を折った。

「どうぞ、お座りを」

分銅屋仁左衛門の勧めで松浦屋が腰を下ろした。

「松浦屋さまというお名前を浅草の辺りでは、あまり耳にいたしませぬが……」

「ああ、わたくしどものは六本木でございまして」

「六本木から、それはわざわざお出《い》でいただき、ありがとうございまする」

分銅屋仁左衛門が礼を述べた。

「ところで、御用はなんでございましょう」

さっそく分銅屋仁左衛門が本題に入った。

「遠慮なく、二つお願いがございまする」

「二つも……」

初対面で願いを複数とは珍しい。どういった反応をするのか、わかっていないのだ。それこそ厚かましいと放り出されても仕方ないし、条件を吊《つ》りあげられても文句は言えなかった。

「厚かましいとは重々承知しておりまする。それだけ切羽詰まっているということでございまして」

「そこまでお話しになってよろしかったので」

交渉の場で切羽詰まっていると弱みを見せるなど、商いでは負けを宣言したも同然であった。

「こちらの窮地と本気を知っていただきたく」

かまわないと松浦屋が告げた。

「さようでございますか。ならば、わたくしも真剣に伺いましょう」

分銅屋仁左衛門が背筋を伸ばした。

「一つめのお願いでございますが……珊瑚玉を買われたお方のお名前をお教えいただきたい」

「それはできません。商いのうえでの話は、外に漏らさないのが決まりでございまする」

躊躇《ちゅうちょ》なく分銅屋仁左衛門が拒んだ。

「そこをなんとか。ものがものでございましょう。決してご迷惑はおかけいたしませぬ」

断られても松浦屋はあきらめなかった。

「迷惑はかかりまする。分銅屋じゃ金の話をすぐに漏らすなどと言われては、店をやっていけませぬ。松浦屋さまならば、扱うお品が違いますので、影響も少ないでしょうが、わたくしどものは金を扱っておりまする。借財の形《かた》にと家宝をお預けくださるお方もいらっしゃいます。その方々が、口の軽い店に借財を申しこまれますか」

「これは手厳しい。わたくしどもでも、どこのどなたになにを贈ったは重要なもの。漏らしてよいものではございません。たしかに無理でございますな」

そちらが扱うのは軽い品だと言われたに等しい松浦屋が矜持《きょうじ》を見せながら、願いを引っ込めた。

「おわかりくださいましたか。では、もう一つをどうぞ」

分銅屋仁左衛門が促した。

「珊瑚玉以上に貴重なものをお持ちではございませんか」

松浦屋が訊いた。

「なぜ、そのようなことをお尋ねに」

「それは申せません」

質問した分銅屋仁左衛門に松浦屋が首を横に振った。

「……となりますと」

少し分銅屋仁左衛門が考えた。

「用途をお伺いしたかったのですが、それをお教えいただけぬとあれば純粋にお値段だけのものになりますな」

「……………」

まだ品物の名前を口にしない分銅屋仁左衛門を松浦屋が無言で待った。

「三百金をこえるとなれば、当家にあるものでいけば二つ」

「なにとなにでございますか」

「一つは備前長船《びぜんおさふね》の太刀《たち》」

「刀はちょっと……」

松浦屋が渋った。

「もう一つは、真珠の松」

「真珠の松……でございますか。それはどのような」

分銅屋仁左衛門の言ったものに、松浦屋が戸惑った。

「おわかりになりませんでしょう。わたくしも実物を見るまでこのようなものが世のなかにあるとは思いもよりませんでした」

分銅屋仁左衛門が何度もうなずいた。

「それほどに珍しいと」

「はい。口で説明するより、ご覧いただいたほうがよろしいでしょう。少し、席をはずさせていただきまする」

一礼して、分銅屋仁左衛門が中座した。

分銅屋仁左衛門が廊下でなかを窺《うかが》っている左馬介に問いかけた。

「いかがでございます」

「どうみても遣り手の商人にしか見えぬがな。身体から力強さを感じぬ」

左馬介が松浦屋の印象を口にした。

「でしょうな」

当たり前の答えに分銅屋仁左衛門が苦笑した。

「店の周りはいかがで」

「怪しいのが二人いるが、店をどうこうしようといった感触はない。松浦屋の付き人ではないか」

「付き人……店の者ならば、一人付いて来てましたよ」

左馬介の言葉に分銅屋仁左衛門が少し腑《ふ》に落ちないといった顔をした。

「松浦屋の懐はどうだ」

「懐……金でございますな」

言われて分銅屋仁左衛門が手を打った。

「いや、恥ずかしい。どのような相手かと緊張しすぎて、基本を見落としておりました」

分銅屋仁左衛門が頭を掻いた。

「拙者が分銅屋どののお供をするのと同じであろう」

「用心棒ですか」

「浪人ではなかったが」

左馬介が同意した。

「即金で買い取ることも考えている。むう」

一人分銅屋仁左衛門がうなった。

「よほど急ぎなのでしょう。端《はな》から金を出すのは効果もありますが、そこまで欲しいのならと足下を見られまする」

「見るのだろう」

「儲《もう》けられるときに儲けない者を商人とは呼びませんよ」

確認した左馬介に分銅屋仁左衛門が笑った。

「さて……」

分銅屋仁左衛門が蔵へ出向き、なかから両手で抱えられるほどの桐箱《きりばこ》を持ち出した。

「締めておいてくださいな」

「わかっている」

両手が塞《ふさ》がっている分銅屋仁左衛門に代わって、左馬介が蔵を閉じた。

「結構で」

それを確認した分銅屋仁左衛門が桐箱を松浦屋の前へ運んだ。

「こちらでございまする」

「…………」

まずは桐箱の状態で分銅屋仁左衛門が見せ、松浦屋がじっと目をこらした。

「開けましょう」

桐箱を封じている紐《ひも》を分銅屋が解《ほど》き、桐箱の蓋《ふた》を外して、中身を取り出した。

「これはっ……」

一目見た松浦屋が絶句した。

分銅屋仁左衛門が見せたのは、盆栽の松に見立てた置物であった。

「この浜の砂に見立てたものが、すべて真珠」

「はい。あまり大きなものはございませんが、数は百ではききません」

問われた分銅屋仁左衛門が答えた。

「この松の木は……」

「薄緑の翡翠《ひすい》を削り出したもので」

松の木というにはいささか色は薄いが、高価な宝石を利用したものだと分銅屋仁左衛門が説明した。

「これほどのものをどこから」

「…………」

「ああ、詮索《せんさく》は無用でございましたな。失礼をいたしました」

興奮のあまり訊こうとしたことを松浦屋が詫びた。

「これをいくらで売っていただけましょう」

「おいくらならば、お買いになりまする」

金額を問うた松浦屋に分銅屋仁左衛門が訊き返した。

「いくらで買うかと言われましても……」

考える振りをしながら松浦屋が分銅屋仁左衛門の顔色を窺った。

「三百五十、いや四百金まで出しましょう」

松浦屋が値を付けた。

「たしかに三百両よりは高《たこ》うございますな」

分銅屋仁左衛門が鼻で笑った。

「……四百二十では」

「天下に二つとない珍品を四百二十両とは、松浦屋さんもなかなかおもしろいお方だ」

値を上げた松浦屋に分銅屋仁左衛門が笑いを消した。

「四百五十」

「お帰りを。これだけのものを五百やそこらで売ったとあれば、お預けくださった方に顔向けできません。千両、びた一文かけてもお譲りできません」

手持ちの金額すべてを出したと読んだ分銅屋仁左衛門が桐箱に置物をしまった。

「千両とはあまりに常識をはずれておりますぞ」

松浦屋が憤慨した。

「高いと」

「それはっ……」

じっと分銅屋仁左衛門に見つめられた松浦屋が詰まった。

売り買いの交渉と、ものの値打ちを見抜くことは別ものである。高いと言えば、品物の値打ちを見抜けていないと自白することになり、商人として大きな傷を負う。

「では、お帰りを」

分銅屋仁左衛門が松浦屋をうながした。

三

松浦屋を帰した分銅屋仁左衛門は左馬介を供に田沼家上屋敷へと歩を進めた。

「おもしろくなりそうですね」

分銅屋仁左衛門が口元を緩《ゆる》めていた。

「趣味が悪いぞ。千両はやりすぎだろう」

左馬介が分銅屋仁左衛門に注意した。

「巻きこまれたのでございますからね。楽しみませんと」

分銅屋仁左衛門が笑った。

「なにがどうなのか、よくわからぬのだが……松浦屋と先日の武家は繋がっている。そして先日の武家は珊瑚玉《さんごだま》を欲しがった……」

「大奥への贈りものでしょう。まずまちがいありませんよ。先ほど三百両以上のものを言うので、刀を出してみましたが興味を持ちませんでしたからね」

分銅屋仁左衛門が付け加えた。

武家への贈りものは第一に金、続いて馬、刀などの武にかかわるものがよいとされていた。名馬、銘刀《めいとう》を持っているというだけで、大名や旗本は幅を利かせることができるからであった。

「たしかに刀を好む女はおらんな」

左馬介も理解した。

「金の匂い……」

「大奥に取り入ってなにをしたいのかはわかりませんが、金の匂いがしますね」

「男が将軍お一人の大奥でございますよ。女たちはたった一人の男の寵愛《ちょうあい》を求めて競い合う。美しい着物、きらびやかな細工もの、なめらかな白粉《おしろい》、つややかな紅、どれも金がかかりましょう」

「珊瑚玉はちょうどよいのだな。売ってよし、簪《かんざし》などに細工してよし」

「諫山先生もおわかりになるようになられましたな」

分銅屋仁左衛門が褒めた。

「習うより慣れよというのは正しいな」

左馬介がため息を吐《つ》いた。

目付部屋は当番目付の常駐以外は、その監察という職責上、誰がいつ いようが、いなかろうが問題はなかった。

「何用じゃ」

目付部屋には目付以外が入ることは許されていない。下僚である徒目付《かち》でさえ、襖《ふすま》を開けて顔を見せ、用があると伝えることしかできなかった。

「芳賀さまか、坂田《さかた》さまは」

安本虎太が当番目付に問うた。

「本日は出てきておらぬ。あの二人に用か」

「お求めになられていたものが手に入りましたので、それをお届けに参ったのでございますが……」

当番目付の問いに、安本虎太が告げた。

「預かってやるわけにもいかぬ」

目付は目付をも監察する。当番目付といったところで留守番でしかないのだ。他の目付のことにかかわるわけにはいかなかった。

「それでは、後ほど」

「ああ、待て。そなたの名前は」

当番目付が去ろうとした安本虎太に訊いた。

「ご容赦を」

安本虎太が拒んだ。徒目付の定員は四十名ではあるが、目付が多忙であるため、徐々に増えていた。当番目付とはいえ、徒目付すべてを把握していなかった。

「……御用か」

「それも申せませぬ」

すべては秘密であると安本虎太が濁《にご》した。

「わかった。芳賀か坂田に徒目付が訪ねて来たとだけ伝えておこう。たしか、芳賀は本日、城中宿居《とのい》であるはずじゃ。夕刻を過ぎれば部屋におろう」

「お願いをいたしまする」

当番目付の言葉に安本虎太が手を突いた。

「今夜とはありがたい。城中巡回ならば道筋は決まっている」

安本虎太は小さく頬をゆがめた。

田沼意次は登城しており、目通りはできない。それでも田沼家の上屋敷は盛況であった。

「分銅屋でございまする。用人の井上さまのお長屋へ通りまする」

出入りの商人は行列とは無関係に門をくぐれる。そうしないと行商人や魚屋など、商売にならないからだ。

「分銅屋か。聞いておる」

もちろん、門番の検《あらた》めはある。そうでなければ、並ばずになかへ入りこむ者が出てきてしまう。

「…………」

当たり前だが、左馬介は門のなかには入れない。いかに分銅屋仁左衛門が連れてきたといっても浪人なのだ。仕官をしたくてたまらない浪人にとって、大名屋敷に入るというのは一代の好機になる。左馬介が宮仕えをしたがっている、いないはかかわりない。個々の事情をこえたところに、武家と浪人には溝《みぞ》があった。

それは仕官の道を閉ざされた浪人がやけになったからであった。

「仕官させてくれるまで、出ていかぬ」

入りこんだ浪人が表御殿の柱にしがみついてわめいたなどは序の口である。

「仕官できぬとあれば、生きていてもせんなし。御門前をお借りして、切腹仕《つかまつ》りたい」

表門の前で腹を出し、脇差《わきざし》を抜く。

どちらもそれをしたからといって仕官できるものでもなし、実際に腹を切るわけでもない。それでもやられた大名家は恥を晒《さら》すことになる。なにせ、上屋敷は出城《でじろ》同然、その表門は大手門なのだ。

そういった経緯があったため、今では浪人ものを拒むのが当たり前になっていた。

もちろん、左馬介がそれを差別だとか、扱いがどうだとか思うことはない。生まれながらの浪人に宮仕えはできないとわかっている。

「そういえば、宮園《みやぞの》はどうしているやら」

ふと左馬介は一人の浪人を思い出した。

宮園も左馬介と同じく日雇いで生きている浪人であった。違ったのは浪人してから、まだ十年も経《た》たないことであった。

「なんとしてでも、復帰を」

宮園はかつての主家へ呼び出されることを強く願っていた。

「御家老さまがお約束くださったのだ。宮園の家は創設以来の譜代《ふだい》である。今は藩の内証《ないしょう》が不如意《ふにょい》ゆえ、やむなく召し放つが、これも藩のためじゃ辛抱してくれ。もちろん、一時のことだ。財政がよくなればいの一番に呼び返すと」

きっと声がかかると宮園は信じていた。

とはいえ、その日生きていかなければ、召し返しもなにもあったものではない。宮園も嫌々ながら、左馬介と同じように土こねをし、用心棒を務めた。

不思議と同じ現場に配置されることが多かったというのもあり、左馬介と宮園は親しくなった。

「聞いてくれ、諫山。ついに念願が叶《かな》った」

そんな日々が積み重なったころ、宮園が大喜びで左馬介を訪ねて来た。

「それはなによりだ」

左馬介も吾《わ》がことのように喜んだ。

「さすがに旧禄《きゅうろく》のままとはいかぬが、武士に戻れる」

「祝するぞ。これでつきあいは終わるが、壮健でな」

はしゃぐ宮園に左馬介が別れを告げた。浪人同士の別れは、再会がなかった。

仕官できた者は浪人とのつきあいを隠したがるし、そうでなく姿が見えなくなった者はなにか不義理をしていられなくなったか、病などで救われずに死んだかがほとんどであった。

「どこの藩であったかの。たしか奥州《おうしゅう》だったような」

他人の過去を詮索《せんさく》するのは、浪人仲間に嫌われる。武士だった者が浪人になるには、皆、なにかしらの理由があったのだ。

宮園の藩にしても譜代全部が放逐《ほうちく》されたわけではない。放逐のなかに宮園が選ばれたには、それだけの理由がある。

「父が浪人したのはなぜなんだ」

先日の村垣伊勢の詰問を左馬介はあらためて考えた。

「父が言いたがらぬゆえ、あまり気にしていなかったが……」

左馬介も気になりだした。

「単なる人減らしではなかったのか」

武士の財政が疲弊《ひへい》して長く、大名はどこも困窮している。なにもしなくても禄を払わなければいけない藩士はただの無駄飯食いだと、もう皆、気づいている。先祖がどれだけ手柄を立てようが、もう百年以上も前の話で、誰もそれを覚えてさえいない。働かないのに禄を与えなければならない。無駄遣いじゃないかと大名が気づいて以来、禄を奪われる藩士が増えている。浪人など珍しくもないのだ。

左馬介が父の浪人となった原因に興味がないのは、周囲のほとんどがそうだったからであった。

「これも……」

左馬介は腰に差している鉄扇《てっせん》を見下ろした。

物心ついたときから、鉄扇の扱いを教えられた。

「もう刀の時代ではない。名人、上手と言われるまで努力、修業を重ねる決意があるならば、道場に通わせてやるが……」

「やりませぬ」

六歳のとき、父からこう訊かれた左馬介は、あっさりと断った。

「それがいい。金を払って剣術を学んでも、仕官の道はない」

父が安堵した。

「なにより、刀は抜いた以上、そのままでは納められぬ。相手を斬るか、己が斬られるか、納得できる仲裁が入らぬかぎり。それだけ武士が刀を抜くという意味は重い」

「斬るか斬られるか……」

幼い左馬介だったが、そのとき刀の怖さを知った。

「刀は、いざというときに使うものだ」

「いざというときとは、どのようなときでございましょう」

父の言葉に幼い左馬介が尋ねた。

「命がかかったときだけじゃ。一つ目は刀を抜いた者が襲いかかってきたとき。素手で刀の相手はするな。触れただけで切れるのだ。刀が出てきたら、こちらも刀を抜け。そして抗《あらが》うのだ。死にな」

「死に抗う……」

息を呑む左馬介へ、父は続けた。

「二つ目は、飢えたときよ」

「飢えでございまするか」

腹一杯毎日食べているというわけではないが、三度の食事は摂《と》れている。左馬介には飢えというものがわからなかった。

「金と食べものがなくなり、腹になにもはいらなくなったときのことだ。一日や二日なら、病で喰《く》えぬときもある。長雨が続いて仕事がなくて、食事が摂れないときもあろう。こういったときではない。病が治れば、雨がやめば、どうにかなる。これは飢えではない」

「…………」

「飢えとは、もうどうやったところで食いものが得られぬところまで来たときじゃ。長病で治るまでかなりの日数がかかったとき、いくら足をすり減らしても仕事にありつけぬ日が続いたときなど、立っていることさえ辛《つら》いと感じたとき、刀を使え」

「武士らしく、浅ましい姿で死ぬ前に自裁をするのでございますね」

まだ純真だった左馬介が覚悟の顔をした。

「馬鹿を申すな。人は死ねば終わりじゃ。名前が、外聞がなど、生きていてこそのものである。死んでから他人に褒められても、聞こえさえせぬのだぞ」

父が叱った。

「では、刀をどうやって使うのでございましょうや」

「売るのだ」

「えっ」

あまりの答えに左馬介が啞然とした。

「武士であるとの証《あかし》である刀だが、そんなものはなくとも人には違いない。刀を売った金で、生き延びろ」

父が武士を捨てろと言った。

「よろしいのでございますか。諫山の家を再建せずとも」

浪人は皆、武士に返り咲くことを夢見ている。幼い左馬介も周りからいつかはと言われ続け、その気になっていた。

「諫山の家……仕官せずとも続くぞ。儂《わし》にはそなたが、血を分けた子供がいる。諫山という武士の家柄はないが、血筋は続いている。諫山の家をと思うならば、将来、よき女《おなご》を娶《めと》り、子をなしてくれ。そしてその子がまた子をなす。これを繰り返してくれれば、儂の血は永遠に続く」

「……はい」

父の言っていることを完全に理解はできなかったが、幼い左馬介は強くうなずいた。

「武士なぞ、昔先祖が人を殺したことを誇っている連中でしかない。先祖がなにをしたかではなく、己がなにをできるかを考えるべきだ」

「武士はいけませぬか」

「いかぬな。働かずして喰う者なぞ、まともではない」

毎日、雨が降らない限り、出かけて一日日雇い仕事に精を出す父が、吐き捨てるように言った。

「わたくしも働きまする」

子供は親のまねをしたがる。

「少し早いかの。そなたはまだ子供じゃ。子供の仕事はよく食べて、動くことである。ああ、もちろん、勉学もな。せめて読み書きと算術は身につけよ。それができねば、世間にでたとき、辛い目に遭うぞ。名前が書けぬために、約束事が守られなかったり、算術ができないため、働いたぶんの金をごまかされたりな」

父はこう言って、左馬介に鉄扇術と読み書きと算術を仕込んだ。

「……今から考えると、鉄扇でなくとも木刀で身体作りはできたな」

木刀なら、その辺に落ちている木切れを削って作れる。ようはただである。しかし、鉄扇は特注しなければならない。鉄の板を扇状に組み、使えるようにするだけでも結構な費用がかかる。

毎日働いているとはいえ、そんな手間がかかるものを作るのは厳しい。それでも父は鉄扇を左馬介に与えた。

「これは、祖父が、儂の父が編み出した技じゃ。それを絶やすわけにはいかぬゆえ、そなたに教える。儂が死んだ後は、そなたの好きにしろ。できた子供に伝えるもよし、道場を開いて弟子を取るもよし、忘れ果てて絶やすもよし」

こう言って父は左馬介に鉄扇術を教えた。

「暗器《あんき》か」

村垣伊勢の言った内容に左馬介は戸惑っていた。

「たしかに目立たぬな」

今、左馬介が使っているのは、子供のときに作ってもらったものではなく、父が遺《のこ》した鉄扇であった。

「……見える範囲に紙が張られ、ちょっと見ただけでは鉄扇とは見えぬ」

左馬介が鉄扇を手に持った。

子供のときに与えられた鉄扇は、むき出しの鉄板を扇に見立てて組んだもので、一目でまともな扇ではないとわかる。しかし、父から受け継いだ鉄扇は扇面と呼ばれる風を送る部分のもっとも外側だけが、紙張りであった。つまり開くまでは、鉄扇とはわからない仕組みになっていた。

「忍《しのび》かとも訊かれたが……そのような話はもちろん、修業もしていない」

左馬介は首をひねった。

忍といえば、一跳びで塀を跳びこえ、天井裏、床下に忍び、水のなかでも息ができる。そういったものだと左馬介は思っている。

「一尺（約三十センチメートル）も跳べぬし、天井裏など入れば穴が空く、床下だと頭を打つ自信があり、泳げぬ」

左馬介は己には無理だと独りごちた。

「父も別段、そういったことをしていた様子はなかった」

朝、夜明けとともに日雇い仕事を求めて家を出、夕方には帰ってくる。ずっとそれを繰り返していた父しか、左馬介は知らなかった。

「臨終でもなにも言い残さなかった」

五十歳を過ぎたあたりから体力を落とし始めた父は、冬に風寒《ふうかん》を患い、そのまま寝付いてしまった。

「行って参りまする」

父の看病をしていたくとも、働かなければ薬を買うどころか飯も喰えない。

辛そうな息をしている父を残して、左馬介は毎日日雇いに出、卵や魚など少しでも滋養によいものを用意した。

「儂はもういい」

父は一口食べるだけで、残りを左馬介に譲った。

「浪人の末期としては、望外じゃ」

ある日、寝るために夜具へ入った左馬介へ、父が話しかけた。

「野垂れ死ぬのが浪人の死に様《ざま》じゃ。それを息子に看取《みと》ってもらえる。これほどの幸せはない」

「なにを言われるか。まだ看取る気はございませぬぞ」

縁起でもないことを言わないでくれと左馬介が求めた。

「心残りは、そなたの嫁を見られなんだことだ」

左馬介の願いを無視して父が続けた。

「親はよいぞ。己が死ぬとわかっても、子がいるというだけで心が安寧《あんねい》になる」

「なにを……」

「そなたは、儂が死んでも忘れまい」

「当たり前のことを」

問われた左馬介がうなずいた。

「なぜ人は名声を求めるかわかるか。名を知られれば、忘れられることがなくなるからだ。織田信長公、豊臣秀吉公、徳川家康公の名前は皆知っている。だが、それほどの功績を残せなかった凡人こそが、世の大半じゃ」

英雄というのは、少ないから値打ちがある。町内の半分が英雄であったら、誰もその業績を讃《たた》えなくなる。

「凡人でも、己のことを覚えてくれる者はいる。儂でも大工の棟梁《とうりょう》や、長屋の近隣は覚えてくれていよう。しかし、死後も思い出してくれる者となればどうだ。まず、一人、二人。下手をすればいない。その点、儂にはそなたがいる。そなたは日常に紛《まぎ》れて儂のことを思い出さぬ日もあろうが、思い出すだろう」

「忘れませぬ」

父に向かって左馬介が強調した。

「死後も忘れられずにすむ。それだけで満足じゃ」

ふうと父が息を吐いた。

「左馬介」

「なんでござる」

「いや、やめておこう」

耳を近づけた左馬介に、父が首を左右に振った。

「長いようで短いなあ、人の生涯は。そろそろ雪がざけるころか」

最期は消えるような声であった。

「雪がざける……」

父の最期の言葉が左馬介の耳にこだました。

第四章　身中の虫

一

田沼主殿頭《とのものかみ》意次は、分銅屋仁左衛門の伝言を用人の井上から受けていた。

「そうか、勘定方《かんじょうかた》の布川が松浦屋に」

五千石といえば大身《たいしん》旗本であるが、家臣の総数は三十名ていどでしかない。目見え以下となれば顔を見ることもあまりないのでまず名前と顔の一致はないが、目見え以上であればわかる。

「いつから飼われていたのか……」

田沼家へ随身《ずいじん》する前か、してからかは大きな違いになった。随身する前からならば、最初から田沼家に仇《あだ》なすために送りこまれたとなり、そうでなければ金か女で転んだとなる。

「いや、どうでもよいの」

思案を田沼意次はやめた。

「どちらにせよ、家のことを売るような輩《やから》は切り捨てる」

田沼意次が決断した。

「布川を奉公構《ほうこうかま》いとせよ」

「奉公構い……」

命じられた井上が息を呑《の》んだ。

奉公構いは、武家奉公のなかで死罪、切腹に次ぐ重罰であった。放逐《ほうちく》や召し放ちの場合は、他家への奉公を阻害しない。田沼家を放逐された後、どこかの大名、あるいは旗本に仕官しても苦情は入れない。もっとも、新たな仕官先から、なぜ放逐などに処したかの問い合わせがあれば隠さずに伝えるため、せっかくの話がふいになることもある。

対して奉公構いは、他家への仕官も認めなかった。奉公構いをした者が別の主家を得たと知ったときは、その大名なり旗本なりに、当家でこういうことをいたしたため奉公構いにいたしましたと一報を入れる。それでも対応せず、そのまま雇い続けているときは、当家とことを構えるおつもりかと強硬な抗議をする。大概は、ここまでいかずに報《しら》せだけで召し抱えをあきらめる。

ましてや、今回は将軍の寵臣《ちようしん》田沼意次が相手になる。よほど意地を張らなければならない百万石の前田や外様《とざま》の雄の島津、もしくは御三家、老中などの要職にある者ともなると、たかが五千石のお側御《そばご》用取次《ようとりつぎ》の指図は受けぬとそのまま召し抱えたりもする。が、そういった意地は田沼意次を敵に回すだけであり、外様大名だとお手伝い普《ぶ》請《しん》を押しつけられたり、御三家だと将軍から叱《しか》られたり、老中などだと将軍からの信頼を失うなど、手痛いしっぺ返しを受けることになった。

「どうした、さっさと布川を処分して参れ」

武家奉公している者にとっての死とも言える奉公構いに、二の足を踏んでいる井上に田沼意次が命じた。

「いささか、厳しすぎるのでは……」

「家のことを売る者を放りだすのは当然であろう」

「ですが、奉公構いまでは……」

「井上」

「はい」

険《けわ》しい声を出した田沼意次に井上が緊張した。

「奉公構いにせず、どこぞへ布川が仕官してみろ。またぞろ、同じようなまねをするだけである。次の仕官先でも同じことをしてみよ。当家の判断が甘かったからじゃ、奉公構いを受けていたならば、決して雇い入れなかったものを、と言われるぞ。それこそ儂《わし》が恨まれるわ」

田沼意次が井上を諭《さと》した。

「浅慮《せんりょ》でございました」

考えを聞かされた井上が納得した。

「布川を連れて参れ。奉公構いとなれば、用人とはいえ同じ家臣でしかないそなたでは納得すまい。余直々《じきじき》に言い渡す」

「早速に」

主君の判断に重すぎると文句を付けた形になる。

急いで井上が出ていった。

「一罰百戒《いちばつひゃっかい》、これで残っている者がおとなしくしてくれれば良いが……」

まだまだ家臣団が落ち着く状況にはない。続けて主家を裏切るような家臣が出てきては、お家騒動に発展しかねない。お家騒動を起こしては、家中《かちゅう》取り締まり不行き届きとなって、これ以上の出世は望めなくなる。

「家中もまとめられぬ者に、お役目が務まるはずもなし」

こう言われては、反論のしようがない。

吉宗の遺言を果たすには、お側御用取次では足りない。直接天下の政《まつりごと》を担える執《しっ》政《せい》にならなければ、大きな改革は難しい。

田沼意次が布川に厳しい対応を取ったのも当然であった。

「……それにしても、情けないことである。商人が見つけられて、用人が気づかぬなど、恥ずかしいにもほどがある。用人は当主に代わって家中を取りまとめる者じゃ。それが……」

田沼意次が眉間《みけん》にしわを寄せた。

「目付を設けねばならぬか」

家中の取り締まりを担うのが目付である。田沼意次はまだ家中が多くなく、十分把握できると考えて目付という役職を作っていなかった。

「次に御厚恩を蒙《こうむ》ったときに……」

九代将軍家重は田沼意次が亡父吉宗の遺言を預かっていることを知っており、なにかにつけて引きあげようとしてくれている。

「あまり頻繁《ひんぱん》にご恩を重ねていただくのは……」

六百石で家督を継いだ田沼意次は、すでに五千石になっている。急激な立身出世は、周囲の反発を買う。

すでに数回、田沼意次は加増を固辞していた。

「相手がなりふりを構わなくなってきたとなれば、こちらも波風立てずとはいかぬな」

田沼意次は自重をやめることにした。

「殿。布川を連れて参りました」

井上が戻って来た。

「入れ」

田沼意次が二人の入室を許した。

「布川、前へ出よ。井上はそこで控えておれ」

座を決める前に田沼意次が指示を出した。

「はっ」

すぐに理解した井上が、布川亀弥の逃亡を防ぐように出入り口近くに陣取った。

「あ、あの……」

　挙動不審な布川亀弥が、おたついた。

「座れ」

　扇を腰から抜いた田沼意次が厳しい声で、布川亀弥の座るべき場所を要《かなめ》で指し示した。

「……はっ」

　布川亀弥がおずおずと示された場所へ座った。

「言わずともわかろう。松浦屋へ行ったの」

「…………」

　田沼意次の言葉に布川亀弥が黙った。

「松浦屋とはいつからのつきあいじゃ」

「…………」

「当家に仕官したのは、誰かに命じられたのか」

「…………」

　続けざまに発せられる田沼意次の詰問に布川亀弥が脂汗《あぶらあせ》を流しながら無言を貫いた。

「布川、そなたは心得違いをしておる」

「……わたくしがでございますか」

ため息を吐《つ》きながら言った田沼意次に、布川亀弥がようやく反応した。

「奉公した限りは、主《あるじ》に従うべきだとまで言わねばならぬのか」

「それは……」

布川亀弥が詰まった。

「そなたの禄《ろく》は余が出している。つまり、余が主である。その主が命じる。先ほどの問いに答えよ」

田沼意次がきつい語調で言った。

「…………」

それでも布川亀弥は答えようとはしなかった。

「そうか。井上、この者は当家の者ではない。怪しげ、胡乱《うろん》な者じゃ。ただちに討ち取れ」

「はっ」

田沼意次の指図に、すでに覚悟を決めていた井上がすかさず反応した。

「これな曲者《くせもの》、神妙にいたせ」

井上が懐刀《ふところがたな》を抜いた。

「ひえっ」

布川亀弥が白刃を見て腰を抜かした。

「御前を汚《けが》すことお許しあれ」

厳格な田沼意次の姿を見せられたばかりだけに、井上は必死であった。ここで布川亀弥を取り逃がすような失態を犯せば、次は己が放逐される。将軍の寵臣として、さらなる出世を重ねていくとわかっている田沼意次の家臣という立場は貴重であった。浪人から召し抱えられただけでも幸運なのに、主人の出世にともなって加増に次ぐ加増が待っているのだ。

井上が懐刀で布川亀弥に斬りかかった。

「わあぁ、なにをする」

布川亀弥が逃げようと身をよじった。

「……こいつっ」

かわされた井上の頭に血がのぼった。

「死ね、死ね、死ね」

井上が懐刀を振り回した。

「やめろ、やめてくれ」

布川亀弥も懐刀を持っているはずだが、そこへ手を伸ばす間はなかった。

「話せ」

端座して見ていた田沼意次がもう一度命じた。

「松浦屋でござる。拙者《せっしゃ》、当家へご奉公いたす前から松浦屋で帳面付けをいたしておりました」

布川亀弥が白状した。

「井上、やめよ」

「逃げるなっ……えっ」

斬ることに集中していた井上の反応が遅れた。懐刀が白状したことで助かると油断した布川亀弥の肩をかすった。

「ぎゃあああああ」

布川亀弥が絶叫した。

「うるさい。蚊に刺されたていどで騒ぐな」

田沼意次があきれた。

「殿」

「大事ございませぬか」

大声に驚いた家臣たちが、御座《ござ》の間《ま》へ駆けつけてきた。

「なっ、井上どの、乱心なされたか」

肩を押さえてうずくまっている布川亀弥の側《そば》で、血の付いた懐刀を手にしている井上の状況を見た家臣が誤解した。

「ち、違う」

井上が手を振った。

「落ち着け、一同。騒ぐな。井上、懐刀を仕舞え」

冷静に田沼意次が指図した。

「は、はい」

井上が我に返った。

「ああ、そのまま鞘《さや》に戻すな。血が付いているのだ。錆《さ》びるぞ」

急いで鞘へ白刃を納めようとする井上を田沼意次が諭した。

「で、ではどうすれば……」

井上が鞘と懐刀を持ってうろたえた。

「隣の部屋へ行き、刀を懐紙《かいし》で拭いてから戻せ。その後、あらためて研《と》ぎに出せよ」

ため息混じりに田沼意次が助言した。

「痛い、痛い。斬られた、斬られたあ」

井上が去っても布川亀弥が肩を押さえてわめいていた。

「こいつを蔵へ閉じこめておけ。罪人である」

「はっ」

「来いっ」

家臣たちが布川亀弥を押さえつけた。

「刃物を取りあげておけ」

田沼意次が付け加えた。

家臣が両刀を帯びたまま主君の前へ出ることは許されないが、万一のときや自害をするため、刃渡りの短い懐刀を持つことは認められている。蔵のなかで自害をされてはたまらないと田沼意次が念を入れた。

「はっ」

言われた家臣がすばやく布川亀弥の懐から懐刀を奪った。

「布川、そなたを奉公構いにいたす」

両腕を押さえつけられた布川亀弥に田沼意次が命じた。

「白昼の放逐は情けにより避けてくれるが、きさまは余をずっと謀《たばか》っておった。奉公をする気のない者に恩を与えるほど、余は甘くはない。情けで褌《ふんどし》と襦袢《じゅばん》だけは許すが、それ以外の一切を取りあげる」

「……そんな」

布川亀弥が顔色を失った。

「せめて貯《た》めたものと両刀は……」

「許さぬ。どうしてもというならば、腹を切れ。さすれば遺族にくれてやる」

すがろうとした布川亀弥に田沼意次が告げた。

「家族はおりませぬ。すべてを取りあげられては、明日から生きて参れませぬ」

泣きそうな布川亀弥に田沼意次が嘲笑《ちょうしょう》を浮かべた。

「真の主を頼ればよい。余以外の主をいただくなど武士の風上にも置けぬ者である。禄をもらっておきながら、金に転んだのだ」

「……布川、そなた」

「なんということを」

集まっている家臣たちが唖然《あぜん》とした。

「たしかに金は大事である。金がなければ米も買えぬ、衣服も購《あがな》えぬ。だが、武士は働かざるとも禄をもらえるではないか。それが恩じゃ。その恩には忠義が対価として差し出されなければならぬ。そなたは余ではなく松浦屋に忠義を尽くしたのだ。余に情けを求めるのはまちがいぞ。連れていけ」

田沼意次が手を振った。

「待って、待ってくれ……」

布川亀弥が抵抗した。

「ああ、一つ付け加えておく。今度、当家にそなたが少しでもかかわったら、上意討ちといたし、討手《うって》を出す。形だけでも、まだ余はそなたの主君だからな」

田沼意次が布川亀弥の状況を逆手に取った。

「上意討ち……」

布川亀弥の顔から表情が抜けた。

「…………」

「来いっ」

無言で手を振った田沼意次に家臣が応じた。

「誰ぞ、表へ走り、なにごともなかったとお待ちの方々を宥《なだ》めて参れ」

田沼意次が残っている家臣へ指示した。

二

田沼屋敷での騒動は並んでいる者たちにも聞こえた。

「なんだ、どうした」

「火事ではないか」

「お手伝いすべきでは」

並んでいる者たちが身を乗り出して、屋敷のなかを窺《うかが》おうとした。

「お静かに」

田沼家の門番が一同を制した。

門番の主たる職務は、外部からの侵入を防ぐことである。なかでどのようなことがあろうとも、指図がないかぎり持ち場を離れるわけにはいかなかった。

「静かになった」

「でござるな」

外へ聞こえたのは斬られた布川亀弥の絶叫だけで、それ以上は伝わっていない。だからといって興味がなくなったわけではなかった。

「お騒がせをいたしましてございまする」

屋敷から出てきた家臣が一同に詫《わ》びた。

「家中の者が怪我《けが》をいたしましただけでございまする。どうぞ、ご放念くださいませ。では、次のお方をご案内申しあげまする」

家臣が嘘《うそ》ではない原因を告げ、続いて目通りを再開すると宣《せん》した。

「たいしたことではなかったようで」

「なによりでござる」

このまま解散となっては、今まで並んだ意味がなくなる。努力と手間を無駄にしなくてすんだことに一同が安堵《あんど》した。

目通りの行列は、かなり遅くまで続く。一応、夕餉《ゆうげ》をこえる時刻から新たに並ぶのは礼を失するとして避けられるが、それまでに行列が終わっていなければ、四つ（午後十時ごろ）過ぎまでは、呉服橋御門を警衛する番士たちも黙認していた。

「……以上でございまする」

今の客で最後だと田沼意次へ井上が告げた。

「さようか」

さすがに休みの日、丸々客の応対は疲れる。田沼意次が疲れた顔を見せた。

「今から布川亀弥の放逐をおこないまする。お立ち会いなさいまするか」

「不要じゃ」

もう布川亀弥に興味はないと、田沼意次が首を左右に振った。

「……はっ」

一瞬の間を置いて井上が手を突いた。

「では、お休みなさいませ」

疲れている主をこれ以上煩《わずら》わせるのは家臣、とくに用人という気遣いの役目を担う者として正しくない。井上が退《ひ》いた。

「少しは肚《はら》をくれるようになったか。ならば、布川のことも無駄ではなかったの」

井上の様子に田沼意次がうなずいた。

主の前から下がった井上は、険しい表情で蔵の前に集まっている家臣たちの前に向かった。

「殿のお立ち会いはない」

「はっ」

田沼意次は来ないことを井上が告げ、家臣たちが首肯《しゅこう》した。

「蔵の戸を開けよ。布川亀弥を引き出せ」

井上の指示で、閉じこめられていた布川亀弥が蔵から解放された。

「御用人さま……」

「不浄門を開けよ」

すがろうと声を出した布川亀弥を無視して、井上が家臣たちに命じた。

「あまりでござる。この仕打ちは武士へのものではござらぬぞ」

布川亀弥がわめいた。

「口を塞《ふさ》がれたいか」

「……………」

冷たい声を井上に浴びせられた布川亀弥が沈黙した。

「おまえたちもわかっているのか」

襦袢姿、丸腰の布川亀弥に同情の眼差《まなざ》しを見せていた家臣たちへ井上が顔を向けた。

「こやつがしていたことは、主家を裏切るだけではなく、危うくするものであった。子細《しさい》は話せぬが、こやつの後ろにいる者の出方によっては、当家が傷ついたこともあり得る」

「それはっ」

「なんと」

家臣たちの顔色が変わった。

浪人からようやく仕官できたばかりの者にとって、主家が潰《つぶ》れることこそ最大の恐怖なのだ。なにせ、主家が倒れれば、もう一度浪人へ逆戻りすることになる。

「きさまっ……」

「布川、許さぬぞ」

たちまち同情は霧散《むさん》し、代わって憎悪がその場を支配した。

「そ、そんなつもりはござらぬ」

焦って布川亀弥が否定したが、田沼意次と用人の井上の両方が認めている以上、誰も布川亀弥の言葉を真実だとは思わない。

「さっさと歩け」

「二度とこの界隈《かいわい》に来るな」

今日までの同僚たちに小突かれて布川亀弥が不浄門へと連れて来られた。

「布川、わかっているだろうが、もし、当家の内情をこれ以上漏らしたら、どうなるか」

井上が脅した。

「わ、わかっている」

布川亀弥が何度も首を縦に振った。

「門を閉めよ」

井上の合図で不浄門が閉じられた。

「…………」

無言で布川亀弥が不浄門を見つめた。

「覚えていろ。きっと田沼家以上の大名に仕官して、見返してやる」

布川亀弥が憎々しげに吐き捨てた。

「まずは松浦屋へ」

肌寒そうに両手で肩を抱いた布川亀弥が松浦屋を目指そうとした。

「ご面倒をお掛けいたしまする。拙者たぬ……」

呉服橋御門の脇門を開けてもらおうとした布川亀弥が口をつぐんだ。もう、田沼家の家中ではなく、その名前を口にすることができなくなった。

「なんじゃ、おまえは」

脇門を警固していた番士が、布川亀弥に不審な目をした。

「襦袢姿とは不謹慎な。何者であるか」

番士が布川亀弥を誰何《すいか》した。

「あ、えっ……と」

布川亀弥が詰まった。

「益々《ますます》怪しい。御一同」

門番をしている当番の番士二人の一人が、控え所へむけて声をかけた。

「……どうした」

「なんでござろう」

たちまち番士たちに布川亀弥は取り囲まれた。

「……怪しい者ではございませぬ」

布川亀弥は逃げ出せなかった。背を向ければ、たちまち大騒動になる。ここは廓内《くるわうち》で、門を開けてもらわなければ、どこへも逃げられないうえ、捕まれば怪しい者として厳しい取り調べを受ける羽目になる。いや、下手《へた》すれば死罪に処せられるかも知れない。

抵抗はしないと両手をだらりと下げた布川亀弥はすなおに事情を話した。

「家の名前はご勘弁いただきたい。じつは、主の勘気《かんき》を買い、屋敷から放逐をされてしまったのでございまする」

「屋敷から放逐。それでか」

番士たちが納得した。

武家奉公からの放逐は、その身分も剝奪《はくだつ》されることも含むため、両刀を差す権も失う。通常ならば、浪人となっても両刀を帯びるのを黙認されるが、さすがに廓内で庶民扱いになる武家奉公構いの者に持たせるわけにはいかない。

「事情をお察し願いたい。御門を出られなければ、寄る辺《よるべ》も頼れず、今夜の宿さえござらぬ」

布川亀弥が番士の情けにすがった。

「……いかがいたそう」

「その家へ問い合わせをかけてはいかがか」

当然の意見が出た。

「それはお許し願いたい。今度家にかかわったら、上意討ちをすると」

「なにをしたのだ、そなたは」

泣きそうな顔で拒む布川亀弥に番士があきれた。

「身体検《あらた》めをいたすが、よいな」

番士の一人が身につけているものを確認すると言い出した。

「かまわぬ、してくれ」

それで身の潔白がつくならばと布川亀弥が自ら襦袢を脱いだ。

「……ものの見事になにも持っておりませぬな」

「盗人《ぬすっと》でもなさそうでござる。よろしいのでは」

番士たちが顔を見合わせた。

「よし、通れ」

「かたじけなし」

気が変わってはいけないと、許可をもらった布川亀弥が襦袢を慌てて着こんで、脇門を通った。

「……なんという恥辱《ちじょく》。忘れぬぞ、田沼」

裸にまでならざるを得なかった布川亀弥が憤怒《ふんぬ》した。

怒りを抱いたままで布川亀弥は夜道を急ぎ、松浦屋の勝手口へたどり着いたのはすでに深更《しんこう》に近かった。

「夜分にすまぬ。布川じゃ」

勝手口を布川亀弥が叩《たた》いた。

「……………」

まともな商家に不寝番はいない。盗賊に襲われやすいとか、店の周囲が剣呑《けんのん》だとかでなければ、奉公人はもう寝ている。

「誰ぞ、頼む」

布川亀弥が声を大きくした。

「……どちらさまで」

少しして、ようやくなかから応答があった。

「布川じゃ。開けてくれ」

「……布川さま。少しお待ちを」

応答した奉公人が、勝手口に取り付けられている覗《のぞ》きを開けて確認した。不意に開けて、それが知り合いの名前を使った盗賊であったら大事になるからであった。

「そ、その格好はどうなさいました」

布川亀弥だと確認した奉公人が、急いで勝手口を開けた。

「すまぬ。松浦屋どのは」

「主はとっくに休んでおりまする。起こしますか」

「いや、明日にしよう」

もう寝ていると告げた奉公人に布川亀弥が首を横に振った。たたき起こされた松浦屋の機嫌が悪くなるのは目に見えている。そこに布川亀弥が失敗を持ちこむのは、より心情を悪くするだけである。松浦屋にすがるしかない布川亀弥が気遣ったのは当たり前であった。

「とりあえず、どこかで寝させてくれ」

布川亀弥が頼んだ。

翌朝、目覚めた松浦屋は番頭から、布川亀弥が深夜に来たことを報《しら》された。

「丸腰で、襦袢姿ですか。情けないことだ」

それだけで松浦屋は布川亀弥がどうなったかを把握した。

「お会いになりますか」

「断るわけにもいきませんでしょう。朝餉《あさげ》の後にしてください。これ以上食欲を失うような話を起き抜けには聞きたくないのでね」

松浦屋が布川亀弥との面会を後回しにした。

とはいえ、どれだけ嫌なことでもすまさなければならない。人は現実から逃げ出すことはできないのだ。

「おはようございます。布川さま」

松浦屋が自室に布川亀弥を呼び出した。

「……すまぬ」

布川亀弥が小さくなった。

「わけがわかるように説明をしてください」

「わかっておる。昨日……」

松浦屋の要求に布川亀弥が述べた。

「当家への出入りを見られていた。いや、見張られていた」

すぐに松浦屋が気づいた。

「……そうか。珊瑚玉《さんごだま》が売れたことを布川さまに報せたのは、そのためか」

「そのため……」

「わかりませんか。田沼さまは家の内情を漏らしている者がいると察知なさり、それを誰だかあぶり出そうとなさったのでございますよ。それにわたしたちは引っかかった」

松浦屋が苦い顔をした。

「拙者が焦ったからか」

「いや、布川さまのせいではございません。ああ、もちろん、責任の一端はありますよ。現状をもう少しよく調べてから報せるとか、周囲のどこまで珊瑚玉の売り買いを知っていたかとか、調べるべきはありましたからね」

せいではないと言われてほっとしかけた布川亀弥に松浦屋が釘《くぎ》を刺した。

「……うっ」

「これだけのことを一日や二日でやってのける。さすがは上様の寵愛《ちょうあい》深い田沼さまというところですか。これは益々目が離せませんね」

うめいた布川亀弥を放置して松浦屋が考えこんだ。

「田沼さまの器量がわかっただけでも、今回の失態は無価値ではなかったと考えるべきでしょうか」

松浦屋が一人納得した。

「今度は上杉さまを焚《た》きつけましょう。田沼さまにお願いすれば、お手伝い普請を避けられると。大奥よりはよほど確かで、安くつくと」

「松浦屋どの……」

「珊瑚玉に二百両までなら出してもよいと上杉家のお留守居《るすい》清水さまが仰せでしたからね。百両くらいならば出してくれるでしょう」

「なあ、松浦屋どの」

「裸で金を出しては、当家の匂《にお》いがしませんから、当家の看板唐焼《からや》きを一緒に持っていっていただければ……田沼さまならお気づきになりましょう。松浦屋が会いたがっていると。それだけでは弱いので、もう一手要《い》りますね」

「松浦屋どの」

無視された布川亀弥が少し声を高くした。

「……まだおられたので」

松浦屋が眉《まゆ》をひそめた。

「拙者はどうしたらよいのだ」

布川亀弥が問うた。

「どうしたらとは……もう、田沼さまのご家中でもございませんし、お好きになさってよろしいのでは」

松浦屋が冷たく応じた。

「いや、松浦屋どのの言うとおりに働いて奉公構いになったのだ。なんとかしてくれ。できれば老中か前田、伊達あたりの大大名へ仕官を世話してくれ。拙者を軽く扱った田沼を見返してやりたいのだ」

布川亀弥が要求した。

「……はあ」

松浦屋が大きなため息を吐《つ》いた。

「ご冗談でございましょう。布川さま、あなたさまは田沼さまによって奉公構いを受けたのでございますよ。そんな浪人を召し抱える大名家などありませんよ」

「だからだな、田沼を押さえられるだけの力を持つ大名家へ……」

あきれた松浦屋に布川亀弥がまだ迫った。

「どこの馬の骨かもわからぬ浪人のために、寵臣田沼主殿頭さまと対峙《たいじ》する。そんな火中《かちゅう》の栗《くり》を拾うようなお方はいません」

「どこの馬の骨ではなく、松浦屋の推薦があればだな」

「するはずありませんでしょう」

「なぜだ。拙者は松浦屋のために働いたではないか」

「その代わり、当家の伝手《つて》を使って布川さまを田沼さまのご家中に加えました。すでに報酬は支払っておりまする」

「そこを放逐されたのだぞ」

「それはあなたさまの才覚が足りなかったからでございますな」

ついに松浦屋が布川亀弥を切り捨てた。

「なっ……」

呆然《ぼうぜん》とした布川亀弥へ松浦屋が通告を突きつけた。

「当家はこれから田沼さまとのおつきあいを深くしていこうと考えておりまする。そこにあなたさまがおられては困りまする」

「するとなにか、拙者は田沼を推し量るための試金石だったと」

「そこまでの価値はありませんでしたがね。まあ、田沼さまのご器量を見せてくれる量りくらいにはなりましたな」

冷たく松浦屋が布川亀弥を評した。

「拙者を見捨てると言うか」

「はい」

激発する布川亀弥にあっさりと松浦屋がうなずいた。

「…………」

あまりのことに布川亀弥が言葉を失った。

「番頭さん」

松浦屋が手を叩いた。

「へい、お呼びで」

「小判を十枚用意しておくれ。それを布川さまにお渡しして、出ていってもらいなさい。二度と当家の敷居を跨《また》がないように念を押すのを忘れないように」

そこに布川亀弥がいないかのように松浦屋が命じた。

「承《うけたまわ》りましたが、旦那さま。そのままで放り出しては、近所の興味を引きかねませんが」

襦袢姿の布川亀弥では目立つと番頭が言った。

「そうだったね。古着を渡してくださいな」

「へい。差し出がましいことを申しました。では、参りますよ、布川さま」

「嫌だ」

「今のうちですよ。お金と着替えをもらって出ていけるのは。さもなければ御用聞きを呼ぶことになります。当家へ強請集《ゆすりたか》りが来ていると」

番頭が最後通告を突きつけた。

「……そんな」

布川亀弥が首を折った。

三

布川亀弥を放り出した松浦屋は、手土産《てみやげ》を持って分銅屋へ向かった。

「旦那さま、直接田沼さまのお屋敷に行かれるのではございませんので」

目を掛けている手代が首をかしげた。

「弥次郎《やじろう》、商いならば正面から立ち向かうけどね。今回の目的は違うのだよ。ああ、もちろん、いずれは商いになって、今持ち出している金の数十倍、いや、数百倍になって返ってくるんだが」

松浦屋が口の端を緩《ゆる》めた。

「数百倍……」

弥次郎と呼ばれた手代が目を剝《む》いた。

「商いというのは、目先の儲《もう》けを無視してはいけない。儲けなければ、商人の意味はないだろう。たとえ一文でも利が出ないなら手を出すべきじゃない。それができて初めて商人と言える」

「儲けを大事にせよと」

「そうだ。でもね、弥次郎」

確認した弥次郎に松浦屋が諭すように続けた。

「一文、二文の儲けを追いかけているだけでは、店は大きくならない。店を大きくするにはそれだけの金が要り、大きくなった店を維持するには、それなりの儲けがなければならない」

「はい」

松浦屋の意見に弥次郎が首肯《しゅこう》した。

「知っているかい、松浦屋はね、年々小さくなっているんだよ」

「えっ……」

弥次郎が唖然とした。

「進物、贈答品の松浦屋として、お得意先をいくつも持っている松浦屋が尻《しり》すぼみになっている」

「そんなはずは……」

主の言葉を弥次郎が否定しようとした。

「もちろん、心配は要らないよ。松浦屋が潰れるというわけじゃないから」

松浦屋が奉公人を宥《なだ》めた。

「白砂糖が値上がりしているのは知っているね」

「存じております る」

弥次郎がうなずいた。

「当家の看板商品である甘味《かんみ》はね、お使い物にされ、お大名や大奥のお女中方、名のある商人、知られた茶匠《ちゃしょう》、詩歌俳句の宗匠《そうしょう》などの口に入る。それだけに最上級のものでなければならない。極上の白砂糖が高くなったから、同じ甘さなんだからいいだろうと水濡《みずぬ》れ砂糖を使うわけにはいかない」

白砂糖は主にオランダ交易で持ちこまれる。はるか彼方《かなた》の地より、何千里の波濤《はとう》をこえて運ばれてくるだけに、どうしても棄損《きそん》が出る。甲板に積んでいたのが荷崩れして包装が破れただとか、雨を受けて湿ったとかだ。それらは見た目が少々悪くなってはいるが、味は砂糖のままであり、使うぶんにはほとんど影響がない。かといってそのまま普通の値段で売り買いするわけにはいかない。

これらを長崎の出島では、極上品よりかなり割り引いて販売していた。

「二級品でごまかさないのは、商人としての矜持《きょうじ》だ。商人は扱う商品に絶対の自信を持っていなければならない。もし、二級品を使って苦情が出たとき、反論ができないだろう。風味が劣っているとの指摘を受けたとしてだよ、一級品を使っていたら、堂々と言い返せる」

「ですが、お客さまのお言葉は……」

「お客さまは大事だ。お客さまのお陰で松浦屋はあり、わたしたちは食べていけている。だが、迎合《げいごう》するのはいけない。お客さまと商人は対等でなければいけない。お客さまにお支払いいただく対価にふさわしい原価がかかっているならね。お客さまでもまちがいはまちがいと言う。それが商いの誠実だ」

「商いの誠実……」

弥次郎が繰り返した。

「二級品を使っていたら、お客さまの言われるとおりになる。風味が劣っていると言われたときに胸が張れない。どうしてもお詫びすることになる。そして、その詫びは松浦屋のすべてが二級だと認めることになる」

「……………」

松浦屋に言われた弥次郎が息を呑んだ。

「儲けは要る。ただ、その儲けは商人としての矜持のうえにあるものでなければいけないのだよ。そのためにうちでは高くなっているけれど、真正の白砂糖を使っている。言うまでもないけど、量を減らすようなまねもしない」

「はい」

弥次郎が首を縦に振った。

「値上げもしていない。原料が上がったからという理由で値上げするのは正しくはない。当然、お客さまは原料が下がったら値下げするとお考えになるからね。贈答品というのは、一定の価値で推移するから、使いやすい。松浦屋のこれなら、十両だ。錦《にしき》屋《や》の詰め合わせならば八両だ。もらうほうもわかりやすい」

「たしかに」

弥次郎が納得した。

「だからといって儲けが薄くなるのを座視していてはいけない。安易な値上げなどではなく、店を維持、発展させるだけのものを新たに探すべきだ。それをわたしは田沼さまにお願いしたいと考えている」

「それはどのような……」

「さすがに言えないね。うまくいけばいいが、しくじればいろいろと差し障りが出てくるからね。まあ、うまくいくだろうと思えばこそ、こうやって金と手間を使ってきたんだ。任せておきなさい」

松浦屋が胸を張った。

「旦那さま、そろそろ浅草門前町でございまする」

「話しているとあっという間にときは過ぎるねえ。ああ、こっちだよ」

弥次郎に注意をうながされた松浦屋が、分銅屋への道を指図した。

「あの分銅の看板がそうだ」

「さほど大きな店ではございませんが……」

松浦屋の指さした先を見た弥次郎が怪訝《けげん》な顔をした。

「分銅屋は両替商だよ。店先に商品を並べることなどないし、朝から客が行列するということもない。両替屋はね、店を大きくするより、蔵をたくさん建てるべきなんだよ」

「えっ……では、あの隣に並んでいる蔵も」

教えられた弥次郎が、分銅屋の隣地に建つ蔵群に気づいた。

「おそらく、分銅屋のものだろう。さて、どれほどの財を持っているのか。では、行くよ」

松浦屋が弥次郎を誘って、分銅屋の暖簾《のれん》を潜《くぐ》った。

「御免くださいませ。主さまはご在宅ですかな」

「これは松浦屋さま」

一度来た者の顔を忘れないのも客商売の基本である。分銅屋の番頭が松浦屋に応対した。

「少し、お話をしたいとご都合を伺ってくれないか」

「しばし、お待ちを」

番頭が分銅屋仁左衛門のもとへと報せに行った。

「……松浦屋が来た」

左馬介と今後の打ち合わせをしていた分銅屋仁左衛門が、番頭の話に不思議そうな顔をした。

「どういたしましょう」

番頭が客間に通すか、居留守あるいは所用だとして断るかを問うた。

「……そうだねえ。帰してもまた来るだろうしね。なにを考えているかを聞くのも悪くはない。少しお待ちをいただきますが、それでよければと……ね。あと、客間は一番奥を使うよ」

「へい」

話の内容を聞かれたくないと言った分銅屋仁左衛門の指示通りに番頭は動く。一礼した番頭が出ていった。

「松浦屋が来るのは予想外でござるな」

左馬介が驚きを口にした。

「真珠の置物を買いに来たとは思えませんな」

分銅屋仁左衛門も首をひねった。先日、音物《いんぶつ》にしたいからと田沼意次から預かった真珠と翡翠《ひすい》を使った松原風景の置物を買いたいと言った松浦屋に、分銅屋仁左衛門は千両という値付けをしてあきらめさせていた。

「千両用意したとか」

「あり得ませんよ。千両などという音物、出されたほうが二の足を踏みます。だいたい、音物というのは出した以上の金額の見返りを求めてするもの。千両出されたら、二千両か三千両のものを返さなきゃいけません。そんな豪勢な見返りなんぞ、そうそうあるものではございませんよ」

左馬介に分銅屋仁左衛門が手を振った。

「気づいたとか……」

「布川でしたか、あの獅子身中《しししんちゅう》の虫を狩りだしたのが、わたしだと」

分銅屋仁左衛門が考えた。

「そうなるとなにをしに来たかがわかりませんね。手の者を追い出されたからといって恨み言を述べに来るはずはないでしょうし」

「それもそうだな。そんなまねをしたら、己より分銅屋どのが格上だと認めるようなものだしの」

左馬介が苦笑した。

「まあ、わたしが裏にいると気づいてはいるはずですよ。どこの家も同じですけどね、武家というのは事なかれだから、どうしても対応が後手になる。それからいけば、今回のは早すぎる。後ろに機を見るに敏な商人がいるのはわかる。まあ、わからないような間抜けだと楽なんですけどねえ」

「間抜けは獅子身中の虫を放ったりせんだろう」

分銅屋仁左衛門の楽観に左馬介があきれた。

「会いましょうかね。話を聞けばわかるでしょう。もっとも素直に本音を話すかどうか。話をしたいと求めておきながら、先触れを出してこちらの都合を問おうとしないのは、どうもこちらを下に見ているとしか思えませんし」

他人の都合を気にしない者は傲慢《ごうまん》な場合が多い。面倒くさそうに分銅屋仁左衛門が頬をゆがめた。

「そのために拙者がおる。奥の客間を指定したのは、拙者を控えさせるためであろう」

「先読みのできるお方は好ましいですな」

分銅屋仁左衛門が笑った。

最奥の客間には、なかの話し声が聞こえる小部屋が付いている。危ない客などのときは、そこに用心棒を控えさせ、万一に備える。

「お願いしますね」

「危ないと思えば、こちらの判断で出るがよいな」

「もちろんでございまする」

確認を求めた左馬介に分銅屋仁左衛門がうなずいた。

奥の客間に通された松浦屋と弥次郎は、啞然としていた。

「螺鈿《らでん》の小机に鍋島段通《なべしまだんつう》……これだけの調度を用意できるとは。分銅屋の格を一つあげなければいけないね」

「あの書の落款《らっかん》……」

感心する松浦屋に対し、弥次郎が震えた。

「どうしたというんだい」

松浦屋が床の間の書をあらためて見た。

「……田沼と読めるね」

落款は名字や号を篆書《てんしょ》で表現することが多い。

「主殿頭さまに書いていただいたものでございまする」

そこへ分銅屋仁左衛門が顔を出した。

「お側御用取次の田沼主殿頭さまで」

「はい。お出入りのお許しをくださったときに、お願いして書いていただきましたものでございまして」

分銅屋仁左衛門が客間の床の間に向かって右手に腰を下ろした。

「お待たせをいたしました」

分銅屋仁左衛門が軽く頭をさげた。

「こちらこそ、不意に来たことをお詫びしましょう」

松浦屋も応じた。

「早速ですが、茶飲み話は次の機会として、ご用件を伺いましょう」

無駄話は不要だと分銅屋仁左衛門が急《せ》かした。

「こちらもそのほうがよい」

松浦屋が同意した。

「わたしの用件というのはね。田沼さまに紹介して欲しいのだ」

「……ほう」

予想外の要求に分銅屋仁左衛門が一瞬遅れた。

田沼意次のもとへ手の者を入れて機密を漏洩《ろうえい》させただけでなく、それが白日の下にさらされて手の者を放逐されるという対処をされたばかりの松浦屋が、田沼意次に会いたいと言い出すとは、さすがの分銅屋仁左衛門も予想外であった。

「もちろん、礼はしますよ。弥次郎」

「はい」

後ろに控えていた弥次郎が、手土産を風呂敷《ふろしき》から出して、松浦屋へ渡した。

「これは当店がもっとも力を入れている南蛮《なんばん》菓子でね」

松浦屋が箱をすっと差し出した。

「……………」

無言で受け取った分銅屋仁左衛門が箱を開けて、中身をあらためた。

「失礼しますよ」

分銅屋仁左衛門が包み紙を解き、中身を指先で千切って口に入れた。

「……………」

土産を目の前で開けて指で喰《く》う。その無礼を松浦屋は黙って見過ごした。

「これは……」

食べた分銅屋仁左衛門が目を見開いた。

「最高級の白砂糖と南蛮渡りの鞘豆《さやまめ》がなければ、それはできません」

松浦屋が自慢げな顔をした。

「いや、なんとも見事なものでございました」

素直に分銅屋仁左衛門が感心した。

「それが作れなくなるかも知れぬのだ」

「なんと……」

分銅屋仁左衛門が驚いた。

「そうならないために、田沼さまのご助力をいただきたい」

「わかっておられますか」

願いを口にした松浦屋に分銅屋仁左衛門が尋ねた。

「布川亀弥のことならば、重々承知している」

松浦屋が認めた。

「お咎《とが》めを受けますよ」

「今の田沼さまに当家を表だって咎めだてるだけの権はない」

わかっているのかと訊《き》いた分銅屋仁左衛門に松浦屋が首を横に振った。

お側御用取次は、老中から将軍へ、将軍から老中への用件を取り次ぐのが役目で、商家を潰したり、主を江戸所払《ところばら》いにしたりする権はなかった。

「甘いことを。田沼さまが町奉行さまに言われれば……」

町奉行といえども役人でしかない。上からの圧力には弱い。分銅屋仁左衛門が松浦屋にそう簡単なものではないと述べた。

「そのていどのことで、田沼さまは権を使われまい」

「ほう、なぜそう思われますので」

否定した松浦屋に分銅屋仁左衛門が興味を持った。

「田沼さまには、大きな望みがある。そうであろう」

松浦屋が分銅屋仁左衛門を見つめた。

「…………」

「沈黙は肯定だ。やはりな」

「どうして、そう思う」

口調を変えて分銅屋仁左衛門がもう一度問うた。

「わたしもそうだからさ」

松浦屋が笑った。

四

松浦屋を帰した分銅屋仁左衛門は、左馬介を伴って田沼屋敷へと急いだ。

「わたしも同じだと松浦屋は言ったが、あれは」

歩きながら左馬介が尋ねた。

「詳細はわかりませんが、松浦屋の野望は生半可《なまはんか》なものではなさそうで。なにせ、お側御用取次という重職のもとへ手の者を忍ばせるという大博打《おおばくち》を打つくらいですからね」

「大丈夫なのか。田沼さまを巻きこんでも」

左馬介が危惧《きぐ》を表した。

「そこなんでございますよ。問題は」

分銅屋仁左衛門が少し足を緩《ゆる》めた。

「断ってもなんの問題もなかったと思いますが……」

嫌そうな顔で分銅屋仁左衛門が眉間にしわを寄せた。

「あの松浦屋の様子から見て、田沼さまにご紹介しなくても望みを果たすために動いたと思うのですよ」

「だろうな」

分銅屋仁左衛門の考えを左馬介は認めた。

「そうなると、予想外のことを引き起こしかねません。それこそ、田沼さまの足を引っ張るような形になる、いや、はっきりと敵対することになるやも」

「なるほど。松浦屋を放し飼いにして、面倒を起こされるより、手綱《たづな》をしっかりと握っておいたほうがいいと」

左馬介が理解した。

「田沼さまのなさろうとしておられることは、困難の連続でしょう。そこに一枚でも壁が増えるのは避けるべきでしょうし、あのなりふり構わない松浦屋ですからね。己の野望のために利となるとわかれば、田沼さまのお手伝いくらいはしましょう」

「松浦屋が手伝いか……」

「大きな力になってくれましょう。松浦屋出入りの大名たちとの繋《つな》がりをそのまま田沼さまは使えるのですから」

分銅屋仁左衛門が自らを納得させるかのように言った。

お側御用取次は多忙である。老中と将軍の間を取りもつのが役目であるため、老中の下城時刻である八つ（午後二時ごろ）を過ぎれば、表向きの用件は終わった。

「本日の御用、つつがなく終了をいたしましてございまする」

田沼意次が家重の前に手を突いた。

「う、うん。ご、く……で」

家重がつっかえつっかえ口にしたのを、側用人大岡出雲守忠光《おおおかいずものかみただみつ》が訳した。

「ご苦労であったとの仰せじゃ」

熱病で発語に障害を来《きた》した家重の意思を、ただ一人大岡出雲守だけが理解できた。

「かたじけのうございまする」

主君にねぎらわれたら、感謝をしなければならないのが決まりである。田沼意次が平伏した。

「ど、どうな、な……」

「あれはどうなっているとお訊きである」

大岡出雲守が代弁した。

「ことがことでございますれば、かなりのときが要りようになりまする。今、ようやく端緒についたばかりといった所だと存じおりまする」

八代将軍吉宗の遺言はどうなっていると問うた家重になかなか困難だと田沼意次が首を小さく左右に振った。

「そ、で、むつ……いか」

「そちでも難しいかとのお問い合わせである」

「難しいとしか」

申しわけなさそうに田沼意次が頭をさげた。

「そ、うか、な、長き……続けて……くれや」

「そうか。苦労を掛けるが、あきらめぬようにとの仰せである」

「かたじけのうございまする」

田沼意次が手を突いて感謝した。

「さ、さがっ……い」

家重が手を振った。

さすがにこれくらいはわかる。田沼意次がもう一度頭を畳につけて、本日の当番を終えた。

「待て、主殿頭」

家重の前を下がり、お側御用取次に与えられている仕度部屋、通称下部屋の前まで来たところで、田沼意次が声をかけられた。

「これは右衛門督《うえもんのかみ》さま」

田沼意次があわてて頭をさげた。

「うむ」

その態度に満足げな顔をして近づいたのは、八代将軍吉宗の次男、田安《たやす》参議兼右衛門督宗武《むねたけ》であった。

「このようなところまでお見えとは、いかがなされましたか」

田沼意次が問うた。

吉宗の子供で無事成人した男子は、長男の家重、次男の宗武、四男の一橋《ひとつばし》参議兼近《この》衛権中将《えごんのちゅうじょう》宗尹《むねただ》の三人だけで、将軍を継げなかった二人の息子はそれぞれ田安徳川家、一橋徳川家を創設、十万石の賄《まかな》い領をもらっていた。

前将軍の息子、現将軍の弟という身分は、はるか昔に分かれた御三家よりも、徳川家のなかでの順位が高く、その登城についても大手門ではなく平河門《ひらかわもん》を使い、表御殿ではなく、御風呂屋玄関から直接中奥へ入ることが許されていた。

そう、田安宗武が表御殿の出入り口、納戸御門に近い、下部屋付近に来ることは極めて珍しかった。

「そなたに用があったのじゃ」

田安宗武が田沼意次に告げた。

「わたくしめに。どのような御用でございましょう。お呼びくだされば、お扣所《ひかえじょ》まで参じましたものを」

田沼意次が人通りの多い納戸御門近くではなく、田安宗武と一橋宗尹しかいない御座の間近くの扣所まで出向いたと困惑を見せた。

「申し聞かせることがあったゆえ、わざわざ参上した。謹《つつし》んで承れ」

田安宗武が小腰を屈《かが》めている田沼意次の前に立ちはだかるようにした。

正徳五年（一七一六）生まれで、家重より五歳下の田安宗武は今年で三十九歳になる。

「お言葉さえ話せぬお方より、右衛門督さまこそ九代将軍としてふさわしいのではないか」

幕閣《ばっかく》にも田安宗武こそ、将軍たるにふさわしいという声があったほど、英邁《えいまい》で壮健、吉宗に倣《なら》って鷹《たか》狩りを好む、まさに文武両道を地でいく覇気《はき》ある人物であった。

しかし、吉宗は田安宗武ではなく、家重を世継ぎに定めた。

家重の将軍宣下《せんげ》の場でそう呟《つぶや》いたという噂《うわさ》が出るほど、感情が表に出やすい人物でもあった。

「なぜ……」

「はっ」

将軍の弟にそう言われては仕方がない。田沼意次はより、頭《こうべ》を垂れて傾聴の姿勢を示すしかなかった。

「そなたは、兄上のお障《さわ》りをよきものとして、政《まつりごと》を壟断《ろうだん》しているという」

「………」

頭をさげたままで田沼意次が眉間に筋を作った。兄弟であってもすでに兄は将軍であり、弟は分家の一大名でしかないのだ。兄上と呼んでよいのは非公式な場であり、表御殿でお側御用取次を相手に使ってよい呼称ではなかった。

「もとは紀州家の足軽《あしがる》でしかなかったそなたをここまで引き立てたのは、父上と兄上である。この厚恩を忘れ果てて、兄上のお言葉が不明瞭《ふめいりよう》であることを利用し、老中どもに偽りの御意《ぎよい》を伝え、政をほしいままにいたすなど言語道断である。たとえ、天が許そうとも、この余が許しはせぬ。よいか、ただいまより心をあらため、御役を辞し、屋敷に帰って身を慎《つつし》め」

田安宗武が滔々《とうとう》と述べた。

「おかしなことを仰せられまする」

聞き捨てならぬと田沼意次が顔をあげて、田安宗武を見た。

「お側御用取次のお役目は、上様より命じられましたもの。誠心誠意お勤めするのが、徳川に仕える者の義務でございまする。わたくしは天地神明に誓って政を私《わたくし》するようなことはいたしておりませぬ」

「なにを……」

「たしかにわたくしの先祖は……」

田沼意次の言葉に反論しようとした田安宗武に被《かぶ》せて、田沼意次が続けた。

「……身分低き者ではございましたが、先代上様のお目に留まり、お引き立てをいただきましてございまする。それに故障を仰せとなれば、先代上様には人を見る目がないと言われているも同然。もちろん、御当代上様にも同じこと」

「父上に人を見る目がないなどとは申しておらぬ」

言われた田安宗武が慌てた。

前将軍と現将軍の悪口を江戸城中で言ったとあれば、いかに将軍にもっとも近い田安宗武といえども無事ではすまなかった。

「そもそも上様のお言葉を変えているなど、御座の間に近い次の間でのこと。小姓《こしょう》や小納戸《こなんど》が聞いておりまする。また、ご老中方もそのようなことがあれば、すぐにお気づきになりましょう。その方々がなにもお口にされておりませぬ。まさか、ご老中方、小姓、小納戸の者どもも、それにさえ気づかぬ無能ばかりだと」

「そのようなことは言っておらぬわ」

田安宗武の顔色が蒼白《そうはく》になった。

「わたくしに職を辞し、身を慎めとお命じですが、どのような権をもってのことでございましょう。お側御用取次を解任できるのは、まず上様、そしてご老中方のみ。目付は慎みを命じられても解職まではできませぬ。目付に訴追《そつい》はできても裁断の権はありませぬ」

「……………」

理路整然と言い返す田沼意次に田安宗武が黙った。

「右衛門督さま」

どう始末を付けるのだと田沼意次が田安宗武に迫った。

「うっ……」

今をときめくお側御用取次の田沼意次と将軍の弟田安宗武の遣《や》り取りである。気づいた者は足を止めて、聞き入っているのだ。このまま放置すれば、城中に田安宗武の素質を疑う声が満ちることになる。

「ううううう」

田安宗武は唸《うな》るしかなかった。

「はあ」

小さく、周囲に気づかれないよう、田沼意次がため息を吐《つ》いた。

「お役目に精励せよとのお言葉たしかに承りましてございまする」

いつまでも見世物になっている趣味はないと、田沼意次は助け船を出すことにした。

「上様へのお気遣い、さすがは一門に連なるお方。吾《わ》が身を悪くしてでも上様をお守りしようとなさるお姿に、この主殿頭、感服仕《つかまつ》りましてございまする」

大仰に田沼意次が頭を垂れた。

「あ、ああ」

英邁と言われるだけあって、田沼意次がどういう意図をもって、このような茶番を仕掛けてきたかを田安宗武は理解した。

「厳しいことを申したが、これもひとえに主殿頭の役目が重さを考えたうえでのことである。いつでも御役を退く覚悟で、上様へお仕えいたせとの心構えを諭したつもりであったが、不要であったようじゃ」

苦い顔で田安宗武が田沼意次を見下ろした。

「そなたの忠節、この右衛門督が認める。これからも職務に励み、よく上様をお助けしてくれるように」

「ははっ。ありがたきお言葉でございまする」

一層田沼意次が頭をさげた。

「た、頼んだ」

一瞬、頬をゆがめた田安宗武だったが、田沼意次に任せると告げて、そそくさと去っていった。

「………」

しばらく田沼意次は頭をさげたままでいた。

「さすがは、主殿頭さま。右衛門督さまよりご称賛いただくとは」

「日ごろのお働きが、右衛門督さまのお耳にも届かれたようで」

遠巻きにしていた役人たちが、田沼意次の近くまできて褒《ほ》めそやした。

「いやいや、とんでもございませぬ。右衛門督さまにはあらためて釘《くぎ》を刺していただきました。まだまだ、わたくしでは足りませぬ。右衛門督さまは、もっと励まなければならぬと教えてくださいました」

田沼意次が田安宗武への感謝を口にした。

「我らも主殿頭さまを見習わなければなりませぬな」

「その通りでござる」

集まっていた者たちが、ことは終わったとばかりに散っていった。

「……まったく」

一人になった田沼意次があきれた。

「誰にそそのかされたのかは知らぬが、己が九代将軍となれなかった意味に気づいてさえおらぬ」

田沼意次が苦い顔をした。

「先代上様がなぜ当代の上様を選ばれたかを考えようともせぬ。長子相続など、吉宗さまがなさるはずはない。吉宗さまは長子どころか、公子として認めてさえもらえないご身分だったのだ。運良く兄君たちがお亡くなりになったから、紀州家当主になれた。そんなお方が、ただ慣例に従われるわけなかろうが」

田沼意次が独りごちた。

吉宗は紀州徳川家二代光貞《みつさだ》の四男として生まれた。じつに光貞五十九歳の子供になるが、生母が湯殿番という女中のなかでも低い身分であったことが影響し、城中に引き取られることなく城下で育てられた。

このままいけば、捨て扶持《ぶち》での飼い殺しか、家臣の家へ養子に入るのが関の山であった吉宗に日が当たったのは、紀州家江戸屋敷へ御成《おなり》をした五代将軍綱吉《つなよし》が光貞の子供に目通りを許すと言ったおかげであった。

当初、早死にした次男を除いた長男綱教《つなのり》、三男頼職《よりもと》の二人だけだったが、光貞が吉宗にしたただ一つの親らしいこと、主馬頭《しゆめのかみ》へ任官させたことを柳沢吉保《やなぎさわよしやす》が知っており、もう一人男子がいると綱吉に言上《ごんじよう》してくれた。

将軍に目通りした以上は、紀州家の一門として認められたことになる。無位無冠で捨て扶持生活をしていた吉宗に、幕府から越前丹生《えちぜんにう》三万石を与えられた。

「紀伊《きい》家の一門と認められれば、その当主となる道はできる」

田沼意次が呟いた。

幕府が吉宗を認識していなければ、兄弟全部が死んでも当主の座は回って来ない。

それが変わった。

その前、部屋住みだった吉宗に召し出された田沼意次の父意行《おきゆき》は、側近となっていた。

「……一年の間に隠居した光貞さまから藩主を譲られた綱教さま、光貞さま、そして綱教さまの跡を継いだ頼職さまが、続けて死ぬなぞ、普通ではあるまいが」

暗い目を田沼意次がした。

「それに将軍継承で吉宗さまより上にあった尾州《びしゅう》家の吉通《よしみち》さまが急変死なされたのも……偶然は四度もない」

田沼意次が去っていった田安宗武のほうを見た。

「欲しくば、力尽くで奪え。それが吉宗さまじゃ。それに気づかず、己の器量だけでどうにかなると思ってるなぞ、小賢《こざか》しいわ」

田沼意次が吐き捨てた。

第五章　乱麻の始まり

一

江戸城の堀端に沿って進み呉服橋御門が遠目に入ったところで、左馬介は分銅屋仁左衛門の前に出た。

「…………」

分銅屋仁左衛門が素直に従って、左馬介の後ろへ隠れるようにした。

「きさま、きさまのせいでっ。分銅屋ああああああ」

堀端に立っていた浪人が、太刀《たち》を抜いて叫び声をあげた。

「知っておるか」

「見たこともない顔ですよ」

一応、知人であった場合を考えた左馬介が問い、分銅屋仁左衛門が嫌そうな顔で否定した。

「思いあたることは……」

「蔵が一つでは足りないくらいありますな」

ため息交じりの確認をする左馬介に、分銅屋仁左衛門が肯定した。

「お人違いではございませんか。わたくしは浅草門前町で両替商を営んでおりまする、分銅屋仁左衛門と申す商人でございます」

「拙者《せっしゃ》のことなど、頭のすみにもないというかあ」

冷静な対処をした分銅屋仁左衛門を睨《にら》んだ浪人が一層激した。

「火に油を注《そそ》ぐとは、このことだな」

左馬介がわざとやっただろう分銅屋仁左衛門をちらと見た。

「人違いでしたら、かわいそうでしょう。堀端で白刃を抜いて、御上《おかみ》が黙って見逃すはずありませんからね。捕まったらまず死罪」

分銅屋仁左衛門が哀れみの目を浪人へと向けた。

幕府は江戸城付近での武具の使用に厳しい制限を掛けている。白刃を手にしていると見つかれば、まちがいなく巡回している大番士たちによって取り押さえられ、町奉行所へと引き渡された。そして受け取った町奉行所は、市中取り締まり不行き届きだと老中から叱《しか》られることを避けるために、さっさと始末を付ける。もし、許して放免し、再犯されたら、己が職を辞さなければならなくなる。

「ふざけるなああ。布川亀弥を忘れたとは言わさぬぞ」

太刀を持って迫りながら、浪人が怒鳴った。

「布川……知っているか」

「はて……」

左馬介と分銅屋仁左衛門が揃《そろ》って首をかしげた。

「ものの数でもないと申すのだな。くそう」

布川亀弥が左馬介へと斬りかかった。

「からかいすぎたか」

左馬介が鉄扇《てっせん》でこれを受けた。

「えっ」

思ってもみない武器に布川亀弥が唖然《あぜん》とした。

「腰も入っていないし、刃筋が合ってもおらぬ。それで斬りつけても、皮膚を削《そ》ぐのが精一杯、殴った跡を残せたら御《おん》の字だな」

左馬介が評した。

「な、なめるなあ」

とうとう布川亀弥が切れた。

「どいつもこいつも、拙者を馬鹿にしおって」

布川亀弥が太刀を何度も鉄扇にたたき付けた。

「折れるぞ」

「たかが扇子など……」

左馬介の忠告も布川亀弥には聞こえなかった。

「……あっ」

ついに布川亀弥の太刀が、切っ先から三寸（約九センチメートル）のあたりで折れた。

「十……十両もしたというに……」

布川亀弥が呆然《ぼうぜん》となった。

「なまくらですな。刀でまともなものを求めようと思えば、安くて五十両、できれば百両出さなければ」

左馬介の後ろから姿を見せた分銅屋仁左衛門が教えた。

泰平になり、刀の需要は減った。そのため、売り買いの値段も下落しているが、それでも武器である。相応の性能を持つものは、それなりの値段がする。

古道具屋や古鉄屋で探せば、一両しないようなものもあるが、それらはすでに武器としての寿命を迎えたものになる。打ち合えば一合で折れるようなものをまともな刀剣商は扱わなかった。

「だまされましたなあ」

分銅屋仁左衛門が十両でも高い買いものだと告げた。

「ううう、商人めえ、金か。やはり金か。金がなければ武士でも……」

「武士じゃないぞ、おまえは」

泣き出した布川亀弥に左馬介が止《とど》めを刺した。

「主家を持たないのは、浪人よ」

「……浪人ではない。拙者は仕えるにふさわしい主君を探しているだけだ」

血相を変えた布川亀弥が、手元に残った太刀の根元で左馬介に斬りかかった。

「ふん、ぬん」

鉄扇を左馬介が二度振り、太刀を弾《はじ》き飛ばしたあと、布川亀弥の右肩を叩《たた》き潰《つぶ》した。

「ぐあああああ」

肩の骨を砕かれた痛みで布川亀弥が転げ回った。

「行きましょうか。そろそろ番士の皆様がお出《い》でになりましょう。後のことはそちらにお任せすればよろしい」

番士たちが来れば、当然事情を訊《き》かれることになる。それでは田沼邸へ着くのが遅くなる。分銅屋仁左衛門が左馬介を促した。

「承知」

すっと鉄扇を腰に戻して、左馬介が分銅屋仁左衛門の斜め後ろに付いた。

「……あれは鉄扇術」

布川亀弥の叫び声に足を止めた野次馬のなかにいた老齢の武士が、左馬介の技に目を奪われていた。

「たしか、あれは諫山とか申した者か……」

老齢の武士が左馬介の背中を見つめた。

「浪人のようだが……あの商人風の男と連れか。あの配置は警固だな。用心棒とか申すやつだな」

布川亀弥を放置して歩き出した左馬介を遠目で老齢の武士が付け始めた。

「呉服橋御門を通った……どこへ行く」

老齢の武士が目を細めた。

「……あれはお側御用取次の田沼主殿頭《とのものかみ》さまのお屋敷ではないか。そこへ商人は並ばずに入った。あの者は少し離れたところで待つようだ」

状況を確認した老齢の武士が離れた。

「飛ぶ鳥を落とす勢いの田沼主殿頭さまとかかわりがあるか。ふむ、これはご家老さまにご報告いたさねばなるまい」

老齢の武士が独りごちた。

田沼家の門を分銅屋仁左衛門は咎《とが》められることなく通れる。

「なんだ、あやつは」

「並んでいる我らを抜くなど、商人ごときが何様のつもりだ」

朝から並んでいて、いまだ目通りが叶《かな》っていない者にしてみれば、腹立たしいことこのうえない。

「お世話になりまする」

それを背中に感じながら、分銅屋仁左衛門は気にもせず、門番に小腰を屈《かが》めて門を潜《くぐ》る。田沼意次と己の仲を隠さないと決めた以上、目立つべきだと考えているからであった。

「主殿頭さまに」

松浦屋のように、田沼意次への取次を求める者が分銅屋仁左衛門のもとへ来るのを待っているのだ。そういった連中は、取り繕《つくろ》わなければならない田沼意次の前とは違う態度を分銅屋仁左衛門へ見せる。そのことで本心が推測しやすくなり、相手の肚《はら》を探らなければならない田沼意次の負担が減ることを分銅屋仁左衛門は願っていた。

「本日は主殿頭さまにお目通りをいただきたく」

用人井上を訪ねた分銅屋仁左衛門が田沼意次と直接の面会を求めた。

「しばし、待て」

井上が来客の隙《すき》を見計らった。

「……待たせたな」

屋敷に帰って来るなり、茶を喫する間もなく来客の応対をしている田沼意次が、分銅屋仁左衛門に詫《わ》びた。

「とんでもございませぬ。おいしいお茶と菓子までいただいておりました。待ったなどと思う間もございませんでした」

あわてて分銅屋仁左衛門が手を振った。

「余にはないのか、井上」

目の前を田沼意次が探すまねをした。

「ただちに」

井上が苦笑しながら、座を立った。

「さて、茶が来るまでに話をすまそう」

田沼意次が分銅屋仁左衛門に用件を聞かせろと言った。

「松浦屋が参りました」

「……ほう」

分銅屋仁左衛門の言葉に田沼意次が声をあげた。

「松浦屋が申しますには……」

続けて分銅屋仁左衛門が松浦屋との遣《や》り取りを語った。

「望みがある……か」

聞き終わった田沼意次が腕を組んだ。

「分銅屋、それがなにかわかるか」

「いいえ」

問われた分銅屋仁左衛門が首を左右に振った。

「さすがに無理か……ふむ……」

田沼意次が考えこんだ。

「……その望みのために、布川某を捨て石にしたか」

「捨て石ではなさそうでしたが。できれば、もう少し田沼さまのもとに置いて、家中《かちゅう》へ深く浸透させたかったような感じでございました」

分銅屋仁左衛門が松浦屋から受けた印象を告げた。

「深く浸透……これから考えねばならぬな」

田沼意次が難しい顔をした。

これから田沼意次は引き立てられていく。すでに五千石とかなりの大身《たいしん》には違いないが、これでは執政《しっせい》に届かない。いきなり老中というわけにはいかないだろうが、まずは大名への格上げは確実にある。旗本のままでは、老中や若年寄など政《まつりごと》にかかわる重職には就けない。また、一万石では若年寄にはなれても、五万石内外という内規のある老中への就任は難しい。泰平が長く続いたことで、幕府は前例を金科玉条《きんかぎょくじょう》のごとく遵守《じゅんしゅ》するようになっている。

田沼意次を執政にするには、少なくとも三万石以上の大名にまで出世させなければならないのだ。当然、それだけの身代《しんだい》になれば、家臣の増員もしなければならなくなり、布川亀弥のような獅子身中《しししんちゅう》の虫が入りこむ機会は多くなる。

「ぶしつけながら、なにかございましたので」

先日までの田沼意次の雰囲気と違うことに分銅屋仁左衛門が気づいた。

「田安家を知っておるか」

「将軍さまの弟君さまが立てられた別家くらいでございますが」

訊かれた分銅屋仁左衛門が表向きしか知らないと答えた。

「そのご当主右衛門督さまより、専横《せんおう》だと叱られたわ」

「専横……見る目のない」

分銅屋仁左衛門があきれた。

「これ、さすがに無礼だぞ」

分銅屋仁左衛門の態度に田沼意次が苦笑した。

「たしかにお側御用取次ていどでは、専横なまねなどできぬとはいえ、上様のお側にあるのだ。あまり軽視してくれるな」

「そのような意味ではございませぬが、お詫びをいたしましょう」

苦笑したままで述べた田沼意次に分銅屋仁左衛門が謝罪した。

「ですが、専横という言葉は、少なくとも執政衆に使うものではございませぬか」

政に手出しのできぬお側御用取次に専横というのはありえないと分銅屋仁左衛門が首を横に振った。

「上様のご意見を、余が枉《ま》げて、つごうの良いように変えているのだそうだ」

田沼意次がため息を吐《つ》いた。

「その右衛門督さまでしたか、じつに先見の明はお持ちでございますな」

「先見の明だと申すか」

打って変わって田安宗武のことを褒めた分銅屋仁左衛門に田沼意次が首をかしげた。

「二十年、いえ、十年先には、そうなっておりますから。天下の政はすべて主殿頭さまの掌《てのひら》の上にある」

分銅屋仁左衛門が断言した。

「十年か……遠いな」

「……はい」

二人が険《けわ》しい顔をした。

「それだけ壁が厚い」

田沼意次が嘆息した。

「わかるか。右衛門督さまの口出しは、決してご自身の考えではない。どこかで誰かに吹きこまれたのだ。でなくば、江戸城中にある田安館にあって、十万石ながら領地はなく、藩政の経験もないお方が、余のことなど気にするはずもない。九代将軍になり損ねたことをいまだに悔やんではおられるようだがな」

「ご老中くらいしか、興味がない」

「ああ。己を将軍にするには、執政衆の後押しが要る。それくらいはおわかりのようだ」

分銅屋仁左衛門の推測を田沼意次が認めた。

「右衛門督さまを動かしたお方は、田沼さまを怖《おそ》ろしいと考えておられる」

「新たな寵臣《ちょうしん》の誕生を怖れているのだろう。過去、三代将軍家光さまの松平《まつだいら》伊豆守信綱《のぶつな》、五代将軍綱吉さまの柳沢美濃守吉保《よしやす》、七代将軍家継さまの間部《まなべ》越前守詮房《あきふさ》と小身から引き立てられ、天下の政を手にした者がいるからの」

田沼意次が過去の寵臣を並べた。

「ですが、その伝《でん》でいきますれば、御当代一のご寵臣は大岡出雲守さまとなりませぬか」

ふと分銅屋仁左衛門が疑問を呈した。

「大岡出雲守どのは余以上の寵愛を受けておられるがな、政の場には出られぬ」

「なぜでございましょう」

断定した田沼意次に分銅屋仁左衛門が怪訝《けげん》な顔をした。

「簡単なことだ。上様は大岡出雲守どのを通じねば、ご意思を伝えられぬ。つまり、大岡出雲守どのを手放せぬのだ。もし、大岡出雲守どのを老中となされれば、上様はしばしとはいえ、意思の疎通を失われる。老中は御用部屋で執務する義務があり、当番老中となれば、城内巡行をしなければならぬ。しかし、それに上様をお連れするわけにはいくまい。家臣の用に主君がつきあわされるなど、忠義にもとる」

田沼意次が答えた。

「では、大岡出雲守さまは……」

「お側御用人止まりである」

尋ねた分銅屋仁左衛門に田沼意次が告げた。

「なるほど、それで右衛門督さまを唆《そそのか》した者は、主殿頭さまを的にした」

「おそらくな」

「なかなか目の付けどころの鋭いおかたでございますな」

分銅屋仁左衛門が裏に隠れている者を称賛した。

「ところで、まさかとは思いまするが、先代上様のご遺言が漏れているということは

「……」

「………」

続けて分銅屋仁左衛門が危惧《きぐ》を表し、田沼意次が黙った。

「密事というのは、重いほど漏れるもの。絶対とは言えぬが、まずは大丈夫だろうと考えていい」

「あの目付たちは、いかがでございましょう」

否定した田沼意次に分銅屋仁左衛門が質問した。

「目付と右衛門督さまの間にかかわりはない。目付は田安家にかかわれない。身分が低すぎてな」

田沼意次が述べた。

目付は表向き旗本を監察する。田安家は旗本ではないうえ、目付は大名を監察できない。どう考えても目付と田安家の接点は見つけられなかった。

「ますます抵抗は激しくなろう」

「……御身の廻《まわ》りには十分にお気遣いを」

険しい顔をした田沼意次に分銅屋仁左衛門が頼むように言った。

「あと、先ほどですが……」

布川亀弥に襲われたことを分銅屋仁左衛門は報告した。

「気を遣わせたの」

聞いた田沼意次が感謝の意を示した。

「いえ、あの者が捕まって後、なにを言い出すやらわかりませぬので、あらかじめご存じおきいただけたほうがよろしいかと」

分銅屋仁左衛門が懸念《けねん》を口にした。

布川亀弥のような、己は悪くない、他人が悪いという者たちは、すぐに責任を転嫁《てんか》する。取り調べで田沼家の家臣だと言い出したり、田沼家がこのような悪事をもくろんでいるので、それを暴くために浪人したとか、己を守るために偽りを平気で言いかねない。

「後で井上に注意をしておこう。まあ、なにを言い出したところで、当家は存ぜぬで押し通すだけじゃ」

藩士であるならば、主君がその責を負わなければならないが、放逐《ほうちく》した者までは保証の限りではない。

「余よりもそなたが気を付けねばなるまい」

田沼意次が権を持たない分銅屋仁左衛門に注意すべきはそちらだろうと忠告した。

「大事ございませんよ。今の町奉行さまは、決してわたくしにかかわりたいとはお考えでございませんでしょう」

同心佐藤猪之助のこと、合力金《ごうりききん》のことと町奉行所は分銅屋仁左衛門に頭があがらない。

「わたくしよりも松浦屋でしょうな。布川亀弥があそこまで愚かだとは思ってもいなかったでしょうから」

「余に会うどころではなくなるか」

小さく首を上下させて、田沼意次が納得した。

「ただ、それを押しのけられるようであれば、いささか警戒をなされたほうがよろしいかも知れませぬ」

「町奉行所を黙らせるだけの力を持っているか、伝手《つて》があるか」

「はい」

田沼意次に見つめられた分銅屋仁左衛門がうなずいた。

二

目付芳賀御酒介《みきのすけ》と坂田時貞《ときさだ》の二人は、当番目付から聞かされた徒目付《かち》を探していた。

「名前も名乗らぬというのは……」

芳賀が苦情を漏らした。

徒目付の数は多く、またそのほとんどが目付の指示や御家人《ごけにん》監察のための巡察、大手門監視と任に出ており、徒目付控えに残っている者は少ない。

「我らに用だと申した者はおるか」

徒目付控えに足を踏み入れて、そう問うてみても返答はない。

「おそらく、我ら二人が組んでから、手伝いを命じた者だろう」

坂田が推測した。

「となれば、五、六名というところだが……」

吉宗の遺命に従おうとする田沼意次を失脚させようと、その失点を探した芳賀と坂田は、徒目付を何人も使用していた。とはいえ、徒目付の数は限られており、正規の任もある。二人で多くの徒目付を占有するわけにもいかず、役に立たないと判断した者は放免していた。

「今、使っている者どもではないな」

「あやつらならば、当番目付に話をせず、直接我らに申してくるだろう」

芳賀の考えを坂田が認めた。

「となると……覚えているか」

「最初に使ったのは、二人。名前は……」

二人が顔を見合わせた。

「役立たずの名前など覚えておらぬ」

「佐田、山本、そのような名前だったような」

目付二人は安本虎太、佐治五郎の名前を忘れていた。

「あの、なにか御用で」

徒目付控えの前で目付二人が苦吟《くぎん》しているのだ。部屋に入ろうとした徒目付が戸惑うのも無理はなかった。

「ちょうどよい。佐田と山本という名前に思いあたらぬか」

芳賀が徒目付に問うた。

「佐田と山本でございますか。山本三左衛門《さんざえもん》という者ならばおりますが、ただいま他のお目付さまに付いておりまして……佐田は……佐治という者ならば」

「それじゃ」

坂田が手を打った。

「佐治はどこだ」

「本日は、城中巡回当番でございますれば、まもなく戻って参るかと」

訊かれた徒目付が答えた。

「よし。戻って来たなれば、目付部屋へ顔を出せと申せ。拙者は坂田時貞、これは芳賀御酒介である」

「……はい」

坂田に命じられた徒目付が気乗りのしない承諾をした。徒目付は目付よりもやることが多く、多忙なだけに無駄なときを過ごさなければならなくなるのは辛《つら》い。しかし、目付に逆らうことはできなかった。

「待つとしよう」

坂田が芳賀を促して、目付部屋へと戻った。

「……徒目付佐治五郎でございまする。お呼びと伺いました」

半刻（約一時間）足らずで、佐治五郎が目付部屋の廊下で膝を突いた。

「参ったか」

「よし」

芳賀と坂田が目付部屋を出て、佐治五郎の前に立った。

「たしかに、こやつじゃ」

芳賀が佐治五郎の顔を思い出した。

「あの御用は」

すでに伝言を預けられた徒目付の同僚から、二人のことを聞かされている。佐治五郎は動揺せずに問うた。

「そなた、我らに渡すものはないか」

「渡すものでございますか……」

佐治五郎が困惑した。

「いいえ、なにも」

「偽りではないな。当番目付に問うてもよいのだぞ」

当番目付は月替わりである。今日も同じ当番目付が、部屋のなかで書きものをしている。

「ここ半月ほどは、お目付衆のお指図もお受けしておりませぬ」

当番目付の顔さえ見ていないと佐治五郎が首を横に振った。

「ふむ。では、そなたとともに我らの用をいたしていた者はどうじゃ」

坂田が訊きかたを変えた。

「……安本でございますか。はて、安本も最近見ておりませぬ」

佐治五郎が首をかしげた。

「どこにおる」

「それもわかりませぬ」

徒目付は目付の監察任務の下働きもするため、いついつどこへ何の用で出向くとか、今はどの目付の指図を受けているかなどは、同役にも話はしない。

佐治五郎が知らないと応じた。

「そなた、今は誰の指図も受けていないと申したな」

「はい」

芳賀の確認に佐治五郎が首肯《しゅこう》した。

「なれば、命じる。徒目付安本を探し出し、我らの前へ連れて参れ」

「無茶を仰せられまするな」

佐治五郎が芳賀の命《めい》を拒んだ。

もし安本虎太が別の目付の指揮下にあれば、とても手出しできる状態ではなくなる。

「むっ……」

言われて芳賀が気づいた。

「では、安本と会い、話を聞いて参れ」

「なんの話でしょう」

当然の疑問を佐治五郎が投げかけた。

「会えばわかる。我らの名前を出せばな」

坂田が告げた。

「わかりましてございまする」

これ以上の抗弁は難しい。佐治五郎が従った。

芳賀と坂田の前から下がった佐治五郎は苦い顔をしていた。

「説明をしておけよ。わけがわからぬでは対応に困る」

佐治五郎は安本虎太がなにかしでかしたと確信していた。

「田沼主殿頭さまのことだろうが、相変わらず目付はしつこい」

監察は執念深くなければ務まらない役目である。これはと狙った獲物は止《とど》めを刺すまで追い回さなければ、中途であきらめたりすると手痛い反撃を受ける。狩りでも手負いの猪《いのしし》は危ないというのと同じであった。

「新しい寵臣に喧嘩《けんか》を売ったことに気づいておられるのだろうな」

佐治五郎が懸念を口にした。

寵臣を咎められるのは主君だけである。誰が諫言《かんげん》しようとも、主君がかばい続けるのが寵臣なのだ。また、そうでなければ寵臣とは言わない。

「一度、上様から釘を刺されているはずなのに」

佐治五郎が嘆息した。

目付はその役柄上、上司や同僚までも監察の対象とする。場合によっては老中、御三家さえも訴追《そつい》できた。しかし、相手が巨大であればあるほど、周囲の忖度《そんたく》が働き、目付の訴えは握りつぶされやすくなる。それを防ぐため、目付には将軍と一対一で目通りをする権が与えられていた。

それを芳賀と坂田は悪用しようと考えた。

発語のはっきりしない家重と二人きりになり、田沼意次への尋問、さらには屋敷へ手入れなどをおこないたいと上申、どのような反応を家重がしようとも了承を得たと強弁して、実行しようとした。

だが、それは田沼意次に先手を打たれ、なしえなかった。

田沼意次は家重にたとえ誰であろうとも目通りの際には、大岡出雲守を同席させると宣言させたのだ。

将軍家の上意とあれば、目付といえどもひっくり返せない。芳賀と坂田は目付最大の利を封じられてしまった。

「もう、主殿頭さまを止めることは誰にもできない」

芳賀と坂田よりも佐治五郎のほうが現実を見ていた。

「いずれ主殿頭さまは執政の座に就かれよう。そうなったとき、あの二人の目付はどのような目に遭うか」

権力者の怒りに触れた下僚《かりよう》がどうなるかは、歴史が証明している。

佐治五郎が震えた。

「安本も安本じゃ。要らぬ手出しをせねばよいものを」

巻きこまれた佐治五郎が怒りを見せた。

「屋敷に行けばよかろう」

広い江戸城のなかを探す面倒を、佐治五郎は避けた。

三

用心棒にとって、つかの間の休息は人通りの多い昼間になる。

盗賊に狙われやすい夜や、店に売り上げの金が集まり、奉公人たちもくたびれて集中が切れた夕刻には強請集《ゆすりたか》り、かっぱらいなどが増えるために仕事をしなければならない。

左馬介は早めの昼餉《ひるげ》を喜代に食べさせてもらった後、分銅屋仁左衛門の許しを得て、長屋へと戻った。

「そろそろ夜具も干さねばならぬな」

敷きっぱなしの夜具は、湿り気を帯びてくる。さすがに夜具を捲《めく》ったら黴《かび》が生えていたというほどではないが、寝転がって気持ちの良いものでもない。

「一度、天気の良い日に干したいところだが……」

用心棒から戻って出かけるまでとなれば、せいぜい二刻（約四時間）ほどしかない。

それでは十分に干せない。

「朝から干しておいてやろうか」

「頼むから、表から来てくれ」

独り言に応じた村垣伊勢に左馬介があきれた。

「一度表に出るより、天井を伝わったほうが早いだろう」

長屋の梁《はり》からぶら下がっている村垣伊勢が応じた。

「それはおぬしだけじゃ」

左馬介が嘆息した。

「夜具のことは任せろ」

すっと村垣伊勢が左馬介の枕元に降りた。

「またぞろ、使ったな」

左馬介が寝るために腰から外した鉄扇を、村垣伊勢が取りあげて調べた。

「なぜわかる」

刀と違って通常の使いかたをする限り、鉄扇に血脂《ちあぶら》などは付かない。使ったかどうかなどを確かめることはできないはずであった。

「手入れをしたか」

「いや」

村垣伊勢の確認に、左馬介が首を横に振った。

これも鉄扇の利点であった。刀や槍《やり》は、使えば血が付く。それをちゃんと拭《ぬぐ》うだけでなく、研《と》ぎに出さなければ容易に錆《さ》びるが、鉄扇はときどき油をしませた布で拭《ふ》くくらいで、ほとんどなにもしなくてもすんだ。

「だろうな。ここに小さな布の破片が挟まっている。そなたが着ている小袖《こそで》は紺地、これは鼠《ねず》だ。となれば叩いたときに布を挟んで破ったのだとわかろうが」

村垣伊勢が述べた。

「………」

左馬介が絶句した。

「これでわかった。そなたは忍《しのび》としての鍛錬《たんれん》どころか、知識さえ引き継いでおらぬの」

「なんのことやら」

村垣伊勢の言葉に左馬介が戸惑った。

「まあ、なかにはそこまで策を弄《ろう》する者もおるが……」

近づいた村垣伊勢がじっと左馬介の瞳を覗《のぞ》きこんだ。

「違うな。ただの小心者だ」

すっと村垣伊勢が離れた。

「小心者は否定せぬさ。浪人は明日を夢見て眠るだけだからな。明日も飯が食えますように、明日も目覚められますようにとな」

左馬介が口の端をゆがめた。

「ずいぶんと安い夢だな。男なのだから一国一城の主になりたいとか、千金を手にしたいとか、傾国の美姫《びき》をその腕《かいな》に抱きたいとか、思わぬのか」

「そんな夢を持っていたことを否定はせぬさ。だがな、夢は見ているだけではかなわぬ。かといって、動こうにも動きようがない。一国一城の主になるというのは、今の幕府が作った秩序を破壊せねばならぬのだぞ。そんなことができるか」

「できるかではない、我らがさせぬ」

村垣伊勢がはっきりと宣《せん》した。

「千金を稼ぐにしても、元手もなく、商いをする伝手《つて》もない。美姫は言うまでもあるまい。傾国の美女というのは、国を持っているか、それに等しい財を持つ者でなければ手出しできぬ、いや、相手にしてくれぬ」

左馬介が夢を潰していった。

「女にも選ぶことはできるからな」

「そういうことだ」

皮肉げに笑う村垣伊勢に左馬介が嘆息した。

「もうよかろう、眠らせてくれ。今夜も寝ずの番なのだ」

「たいへんだな」

夜に備えたいと願った左馬介へ村垣伊勢が同情の眼差《まなざ》しを向けた。

「昨日も襲われたからな。後を引きそうな輩《やから》ではなかったが……その繋《つな》がりがな」

左馬介は松浦屋を気にした。

「また襲われたのか……」

村垣伊勢があきれた。

「どのような相手であった」

「眠りたいのだが……」

問う村垣伊勢に左馬介が面倒くさそうに言った。

「言え。さっさと話すほうが早く終わるぞ」

「……気遣うということを覚えて欲しいものだ」

「田沼さまが命じられるならな」

左馬介の文句を村垣伊勢がすんなりと流した。

「…………」

さすがに左馬介は鼻白《はなじろ》んだ。

「言うまで寝かさぬ」

「わかった。襲い来たのは……」

結局左馬介は降参した。

「松浦屋か。六本木であったな」

「よく知っている」

左馬介が驚いた。江戸中に商店がいくつあるかわからないのだ。当然、同じ名前の店も山ほどあった。

「贈答品の店といえば、そこしかなかろう。たしか、上杉家の出入りをしていたはずだ」

「やはり」

「なんだ」

納得した左馬介に村垣伊勢が引っかかった。

「そう、いきりたたんでくれ。話すから」

全部話すまで寝られそうにないと、左馬介は早口に一人の武士が松浦屋から聞いたであろう珊瑚玉《さんごだま》を買いたいと分銅屋を訪ねて来たことを語った。

「珊瑚玉を欲しがった……そうか」

村垣伊勢が一人でうなずいた。

「他にはないな」

「ない。思い出せぬ」

「ならばよい。寝ろ」

すっと村垣伊勢が梁の上へと跳んだ。

「……疲れた」

たちまち左馬介は眠りに落ちた。

田沼意次の目通りに松浦屋が並んでいた。

「お次は、どなたか」

一刻半（約三時間）ほどで松浦屋の順番が来た。

「お初にお目にかかりまする。松浦屋船兵衛と申しまする」

「そなたが、松浦屋か。面倒なことをしてくれたの。おかげで一人家臣が減ったわ」

名乗った松浦屋に田沼意次が文句を言った。

「申しわけございませぬ。いかがでございましょう。開けた穴を埋めるに十全なお方をご紹介させていただいても」

「人形は不要じゃ」

紐付《ひもつ》きなど要らないと田沼意次が松浦屋の申し出を一蹴《いっしゅう》した。

「それはそれは」

松浦屋が平然と受けた。

「さっさと用件を申せ。分銅屋が会えと言うゆえ、そなたの目通りを許したのだ」

田沼意次が不機嫌を露《あら》わにした。

「分銅屋さんには後で御礼を申しあげておきまする」

松浦屋が軽く頭をかしげた。

「まず、ご無礼をお詫びいたしまする。布川をお手元に入れましたのは、確かめなければならぬことがございましたからで」

「確かめだと。一商人が余を試したと」

謝罪の言葉に田沼意次がより怒った。

「はい。どうしても田沼主殿頭さまのお考えを知らねばならぬと考えましたので」

「余の考え……」

田沼意次が怪訝な顔をした。

「さようでございまする。田沼さまは新たな寵臣と世間から目されておられまする」

「畏《おそ》れ多いことだがな、御信任をいただいておる」

「……これは」

謙遜《けんそん》をしながらも寵臣ということを否定しない田沼意次に松浦屋が一瞬、戸惑った。

「で」

田沼意次が続きを急《せ》かした。

「寵臣というのは頂点に立つまで、周囲の反発を避けるため、身ぎれいにせねばならぬもの。しかし、田沼さまは違った。堂々と進物を、金を受け取られる」

「それがどうかしたか。挨拶《あいさつ》を受けているだけだ」

こちらから要求したことはないと田沼意次が言い返した。

「それが通らないことは、よくご存じでしょうに、まったく気になさらない。となれば、その裏になにか意図があるはず」

「寵愛に甘えているだけかも知れぬぞ」

深読みしたという松浦屋へ田沼意次が応じた。

「それだけの御仁《ごじん》ならば、わたくしはここにおりませぬ。失礼ながら、田沼さまはわかっておられながら、金やものを差し出させている」

「おもしろい推測だの。では、なぜ余は金を集めている」

「わかりませぬ。それを布川を使って知ろうと考えましたが、ちと人選をまちがえたようでございまする」

布川亀弥では力不足だったと松浦屋がため息を吐《つ》いた。

「ですが、少なくとも田沼さまが、今までの、金は汚いものとして嫌いながら、裏で欲しがるという方々とは違うとわかりました」

「前置きはもういい。で、そなたはなにを望む」

「雄飛《ゆうひ》を」

「……どこへ飛び立とうと言うのじゃ」

松浦屋の答えに田沼意次が首をかしげた。

「海の向こうへ行きたいと願っておりまする」

「鎖国の禁をなくせと申すか」

ここにいたって田沼意次は松浦屋の望みを理解した。

「これを……」

そこで松浦屋が持って来ていた土産《みやげ》を差し出した。

「……これは……菓子だな。食べたことはある。何度ももらった。余には甘すぎるが、女子供は喜んでおった。これだけ白砂糖を贅沢《ぜいたく》に使ったものは初めてだとな」

「ありがとう存じまする」

称賛に松浦屋が喜んだ。

「他にはないものだと自負いたしておりますが……これは、長崎和蘭陀《オランダ》商館で食べたものをまねただけでございまする。とても、本物には及びませぬ」

「和蘭陀か」

「はい。和蘭陀だけではございませぬ。南蛮《なんばん》には英吉利《イギリス》、露西亜《ロシア》、西班牙《スペイン》、葡萄牙《ポルトガル》などたくさんの国があり、それぞれが独自の文化、文明を誇っておりまする」

松浦屋が続けた。

「それらに背を向けたままでよろしいのでしょうか。取り返しの付かないことをしているのではございませんか」

「取り返しの付かないこととはなんだ」

田沼意次が訊いた。

「鉄炮《てっぽう》、南蛮船を思っていただければわかりましょう」

「……遅れてしまうと言いたいのだな」

「はい」

確認する田沼意次に松浦屋がうなずいた。

「かつて一隻の南蛮船がもたらした鉄炮が戦《いくさ》を変えました。鉄炮が伝来しなければ、織田信長公は早々に武田家に滅ぼされ、豊臣秀吉公は屍《しかばね》を野原に晒《さら》したでしょう」

「家康公もな」

わざと松浦屋が抜いた徳川家康の名前を田沼意次が出した。

「さすがでございまする」

徳川家康は武田によって討たれていただろうという、幕府にとっての禁忌《きんき》を平然と口にする田沼意次に松浦屋が感心した。

「新たな武器が南蛮で開発されているか」

「今度は、鉄炮のようなわが国にとってつごうのいい伝わりかたをするとは限りませぬ」

難しい顔をした田沼意次に松浦屋が付け足した。

戦国期、九州は種子島《たねがしま》へ伝来した鉄炮は、嵐で遭難した南蛮船によるものであった。つまり、偶然の産物であり、南蛮船に侵略の意図はなかった。

しかし、今度は違うかも知れないと松浦屋は言っている。日本を侵略するつもりで数百をこえる南蛮船が、新式の兵器を満載して海を渡ってくるかも知れないのだ。

「勝てましょうか」

「無理だな。今の武士に戦う気概はない」

松浦屋の問いかけにはっきりと田沼意次が首を左右に振った。

「…………」

否定した後、田沼意次が考えこんだ。

「……松浦屋。そなたは国を開いてどうしたい」

「新兵器のことは御上《おかみ》にお任せして、わたくしは海外の文物を輸入し、日本のものを輸出する商いをしてみたいと思っております」

「長崎出島会所ではいかぬのか」

鎖国とはいいながら、幕府は長崎を別扱いにして、オランダと清《しん》、朝鮮との交易をおこなっていた。

「あれは交易ではございませぬ。お仕着せの品物を馬鹿高い値段で買わされ、それをなにも知らない金持ちに転売する。金は儲《もう》かるでしょうが、いい品を見つけ出して、それを広めるという商いの真髄がございませぬ。わたくしは、この目で異国を見、そこでわが国で流行《はや》りそうなものを探し、異国で流行りそうなわが国のものを選びたい」

田沼意次の質問に松浦屋が熱に浮かされたような顔で話した。

「切支丹《キリシタン》の問題がな」

「そんなもの、なぜ今更怖がられますので」

鎖国の原因とされているキリスト教布教を口にした田沼意次に、松浦屋が不思議そうな顔をした。

「切支丹とかつての一向宗《いっこうしゅう》、違いがございますか」

松浦屋が言った。

一向宗は本願寺《ほんがんじ》を総本山とする仏教の一つで、乱世のころ戦国大名を上回る力を誇っていた。誰でも念仏を唱えれば死後は極楽へ行けるという思想は、百姓や町人などの虐《しいた》げられた者たちに受けいれられ、「進むは極楽、引くは地獄」という言葉を旗印《はたじるし》に、大名たちに逆らった。とくに石山本願寺と織田信長の争いは有名で、あれがなければ天下統一は十年以上早くなったとまで言われていた。

「どちらも信じるもののために死ぬのを厭《いと》わない。それなのに切支丹は禁じられ、一向宗は認められてきた」

「切支丹が増えても問題ないと」

「多少はもめ事も起こりましょう。南蛮には南蛮の思惑もございますので。ただ、それを勘定に入れたとしても、交易は利が大きい。金だけではなく、文物が進みます る」

最大の懸念材料を松浦屋は、利損で説明した。

「……ふむ」

ふたたび田沼意次が考え出した。

「松浦屋、今日は帰れ」

「はい」

答えを出さなかった田沼意次に松浦屋は素直に従った。

「今度は、こちらから呼び出す」

「お待ち申しております る」

それまでは来るなと釘を刺された松浦屋が深々と頭をさげ、去っていった。

「国を開くか。たしかに松浦屋の申すように南蛮より遅れることは怖れねばならぬ。交易の利も魅力ある。だが、そこまで手を広げられぬ。米を金に代えるというだけで反発は大きいのだ。そこに幕府最大の禁忌である開国まで付け加えるなど……命がいくつあっても足りぬわ」

田沼意次が目を閉じて独りごちた。

四

佐治五郎は安本虎太の屋敷で、事情を聞いていた。

「……また、あの町方同心か。なんともはや執念だな」

天を仰ぐようにして、佐治五郎が嘆いた。

「まともな方法で入手したとは思えぬだろう」

安本虎太も受け取り証文を手に苦笑した。

「なかったことにできなかったのか」

「わざわざあの同心が届けに来たのだぞ。抹消してみろ、拙者のことを目付に訴人《そにん》しかねん」

「ああ」

安本虎太の懸念を佐治五郎が認めた。

「その書付《かきつけ》を目付衆に渡すのは理解したが、なぜ、手渡ししようとした」

佐治五郎が訊いた。

「その辺に放置できるものでもなかろう。田沼さまのお名前があるのだぞ」

安本虎太が抗弁した。

「田沼さまのお名前……」

ふと佐治五郎が口にした。

「そうだ。届けてしまえばいい」

「どこへだ」

「田沼さまのお屋敷へだ」

首をかしげた安本虎太に佐治五郎が言った。

「目付衆と佐藤猪之助はどうする。落とし物が落とし主のところへ戻ったからといって、めでたしだとはしてくれぬぞ」

安本虎太が佐治五郎に迫った。

「それらも含めて、田沼さまに預けてしまえばいい」

「………」

佐治五郎の案に安本虎太が思案に入った。

「芳賀と坂田が見逃してくれるか、我らを」

「田沼さまの知己を得たとなれば、手出しはしてくるまい。我らを咎《とが》めるより、田沼さまへの隠密《おんみつ》として我らを使おうと考えるはずだ」

「ふむ。では、佐藤猪之助はどうする。あやつに失うものはないぞ。評定所前《ひようじようしよ》に置かれる箱に我らの名前を書いて投げ入れるくらいのことはするぞ」

芳賀と坂田は大丈夫だと説明した佐治五郎に安本虎太がもう一つの問題を問うた。

「あの箱では誹謗中傷《ひぼうちゆうしよう》を取りあげぬ」

佐治五郎が首を横に振った。

評定所前に置かれる箱は、俗に目安箱《めやすばこ》と呼ばれ、幕政に対する提案などを誰でも投書できるようにと設けられたもので、開封は将軍が自らおこなうと決まっていた。

「上様が、我らのような目見え以下を気になさるとは思えぬし、そのあたりは最初に田沼さまにお報《しら》せしておけばいい」

「ふむう」

今度は深く安本虎太が考えこんだ。

「もういい加減、振り回されるのは勘弁だ」

「たしかに佐藤というあの同心の復讐《ふくしゆう》など、どうでもいいことだ」

二人の徒目付《かち》が顔を見合わせた。

「よいか」

「うむ」

　二人の意思が統一された。

「問題は、お屋敷まで届けるべきか、それとも城中でお渡しすべきか」

　密《ひそ》かにというならば、屋敷まで届けるのが目だたない。対して城中で渡すとなれば、誰に見られるかわからない。

「城中だな」

「だの。我らの後ろには田沼主殿頭さまありと見せつけるべきだな」

　佐治五郎と安本虎太の考えが一致した。

　松浦屋は田沼意次の賛同を得られなかったが、一喝《いっかつ》して追い返されなかったことに満足していた。

「旦那さま、上杉さまの姉崎《あねさき》さまがお出《い》ででございまする」

「お勘定奉行の姉崎さまかい。すぐ客間へお通ししなさい」

　番頭の報告に、松浦屋が急いで対応に出た。

「ようこそのお出ででございまする。お召しくだされば、参上いたしましたものを」

　松浦屋が姉崎と言われた上杉家の家臣へ手を突いて挨拶をした。

「少し、気分を変えたかったのでな」

姉崎が手を振った。

「先日は、申しわけございませぬ。尾長《おなが》さまに無駄足をさせてしまいました」

「しかたあるまい。売り買いの商いじゃ。早い者が手にするのは当然」

珊瑚玉を手に入れなかったことを姉崎は咎めなかった。

「さて、そのことなのだが、珊瑚玉よりも百両で田沼主殿頭さまのもとへ参るべきだと、そなたが申したと聞いての」

「たしかに、お話し申しあげました」

本当かと確認された松浦屋が認めた。

「そうか。ならばよいのだが……本当に百両でよいのか。珊瑚玉の二百両に比べて、当初の半分ではないか。千坂《ちさか》さまもいささか不審にお考えでな、拙者に問うてこいと」

「江戸家老さまが、それはいけませぬ」

語った姉崎に松浦屋が背筋を正した。

「儂《わし》はそなたを信じておる。だがな、今回のお手伝い普請《ぶしん》は、江戸城のお堀全体の底《そこ》浚《ざら》えになる。金額も数千両ではきくまい。それを当家ではなく、他家へ振ってくれという願いぞ。そのていどで大丈夫なのか」

姉崎が不安そうな顔をした。

「はい」

「いや、簡単に認めてくれるのはありがたいし、当家の内情を知ってのことだとは思っているがの。もし、これで当家にあたりでもしたら……」

あっさりとうなずいた松浦屋に姉崎が逆に不審を募らせた。

越後米沢《よねざわ》上杉家の貧乏は年季が入っている。

これは関ヶ原の合戦の原因となった徳川家への反抗と当主急死による末期養子《まつごようし》という二度の危機のせいではあるが、百二十万石から十五万石へ減らされたにもかかわらず、ほとんど家臣の数を減らさなかった人を大事にするという上杉謙信公以来の家訓が、藩庫を圧迫した結果であった。

「新しい鍋釜《なべかま》を買ったら、底に上杉と書いておけ、さっさと金気《かなけ》が抜けて使いよくなる」

庶民のまじないに使われるほど、上杉の財政は悪い。

もし、ここで数千両も金のかかる幕府お手伝い普請を喰《く》らっては、藩の存続にもかかわる。まさに上杉家は必死であった。

「大事ございませぬ。もし、これで駄目でございましたら、お手伝い普請の掛かりをわたくしがご負担申しあげてもよろしゅうございまする」

「……なんだとっ」

松浦屋の自信に姉崎が目を剝《む》いた。

「もっとも、それで安心していただいては困りまするが。ちゃんと頭をさげるところにはさげていただかねばなりませぬ」

「それが田沼主殿頭さまだと言うのだな」

「さようでございまする」

確かめた姉崎に松浦屋が首を縦に振った。

「百両、しっかりとご用意いただけますか」

「ああ、今回のためならばと殿とご家老さま方から、三百両までならば構わぬとお許しをいただいておる」

念を押した松浦屋に姉崎が首肯した。

「では、百両をお持ちになって、できるだけ早く、千坂さまにお出ましを願っていただきますよう」

「儂《わし》ではいかぬのか」

「失礼ながら、最初が肝心でございますれば、江戸家老の千坂さまに辞を低くしていただかねばなりませぬ」

江戸家老は上杉家の顔でもある。最初から出すのはどうかと二の足を踏んだ姉崎に、松浦屋がだめ出しをした。

「わかった。ご足労願おう」

「かなり長くお並びいただくことになりまするが、よろしゅうございますな」

あまりに待たされることに腹を立てて、帰ってしまってはなるものもならないと松浦屋が釘を刺した。

「藩存亡の危機である。それくらいはご辛抱《しんぼう》くださる」

姉崎が保証した。

「では、これもお持ちくださいませ」

松浦屋が先だって田沼意次に試食させた菓子を姉崎に持たせた。

「これは、田沼さまのお好みに合わせて謹製《きんせい》いたしたもの。この世に二つとございませぬ。決してお忘れにならぬよう」

「あ、ああ。貴重なものなのだな」

しつこく言う松浦屋に姉崎が緊張した。

「先ほど申しましたことをしていただいても、お手伝い普請を命じられましたときは、松浦屋がその費用を負担させていただきまする」

「わかった」

もう一度心配するなと繰り返した松浦屋に姉崎がようやく了承した。

「……お帰りになりました」

「ご苦労だね」

見送らせた番頭の復命に松浦屋がねぎらいを口にした。

「さて、田沼さまがどうなさるか。わたくしが絡《から》んでいると知ったうえで、願いに応じてくださるか、断られるか」

松浦屋は数千両という金を形《かた》に田沼意次の考えを見抜こうとしていた。

「身代《しんだい》のほとんどを賭けての大博打《おおばくち》。わくわくするじゃないか」

一人で松浦屋が楽しそうに笑った。

佐藤猪之助は布屋《ぬのや》の親分に忠告を受けてはいたが、分銅屋を、いや左馬介の動向を見張るのをやめていなかった。とはいえ、さすがに毎日だと布屋の親分に見つかって苦情を喰らう。回数が確実に減っていたことで布川亀弥の一件を目撃できていなかった。

「目付はどうした」

三日ぶりに分銅屋を見張れる路地に来た佐藤猪之助の期待は裏切られていた。

掏摸《すり》を使ってまで手にした分銅屋仁左衛門の書付を佐藤猪之助は、大きな証拠だと信じこんでいる。なまじ町奉行所の定町廻《じょうまちまわ》り同心として働いてきた経験で、ただの売却代金受け取りの証文を、賄賂《わいろ》を隠すためのものだと思いこんでしまっていた。

「用心棒はどこだ」

佐藤猪之助は妄執に囚《とら》われている。左馬介をなんとかして下手人《げしゅにん》と証明して、町奉行所の同心に返り咲きたいと願っている。すでに家督は息子に譲って、八丁堀に決別したことなど忘れて、いや、頭の隅に追いやっている。

同心を辞めさせられてから、知り合いのほとんどに掌返しをされたことが、佐藤猪之助の目を曇らせてしまっていた。

その佐藤猪之助の目に分銅屋の異変は見受けられなかった。

幕臣にとって目付は鬼より怖い。その目付が分銅屋へ来ていたら、店がひっくり返るほどの騒動になるはずだと佐藤猪之助は誤解をしていた。商人にとって、目付はなにをしているかさえも知らない役人でしかないことに気づいていなかった。

「……出てきた」

佐藤猪之助の目に、左馬介が分銅屋から出てきたのが映った。

用心棒は抑止力でもある。目立っていくらなのだ。どこへ行くにしても、左馬介は分銅屋の表から出入りし、その姿を見せつける。

「湯屋《ゆや》か」

手ぶらで分銅屋から離れる左馬介の行き先は、己の長屋か湯屋しかない。夕刻近いころならば、用心棒の本番にそなえての湯屋行きしかなかった。

「歩みも変わらぬ」

後ろを付けながら佐藤猪之助が眉をひそめた。

「のんびりと湯屋だと」

馴染《なじ》みの湯屋の暖簾《のれん》を潜《くぐ》って消えた左馬介の背中を佐藤猪之助が険しい目で睨《にら》みつけた。

「……よしっ」

少し考えた佐藤猪之助が、湯屋へ入った。

「いらっしゃい……こいつは、佐藤の旦那でござんすかい」

湯屋の番頭が入ってきた客が誰か気づいた。

「久しぶりだな」

「……随分とお変わりになりやしたね」

尾羽うち枯らした佐藤猪之助の姿に番頭が驚いた。

「知っているんだろう」

「へえ、まあ」

佐藤猪之助に言われた番頭が気まずそうに顔を逸《そ》らせた。

「まあいい。顔なじみの誼《よしみ》だ。一度だけ、湯屋賃をおごってくれ」

「今でござんすか」

番頭が嫌そうな顔をした。番頭も佐藤猪之助が分銅屋仁左衛門ともめて、町奉行所を放逐されたと知っている。その分銅屋の用心棒の左馬介に続いて佐藤猪之助が顔を出したのだ。ただ風呂を楽しみに来たとは思えるはずはなかった。

「迷惑はかけねえよ。なあ、今回だけだ。今日が駄目なら明日、明日も駄目なら明後日になるが」

「……なにかありましたら、すぐに布屋の親分に報《しら》せやすよ」

「かまわねえ」

念を押した番頭に佐藤猪之助がうなずいた。

「わかりやした。ただし、今回かぎりで」

「助かった」

二度と来てくれるなと告げた番頭に、佐藤猪之助が礼を言った。

「…………」

番頭の気が変わる前にと、佐藤猪之助がさっさと裸になった。

湯屋は蒸し風呂になるため、入るとなかが見えないくらいの湯気で満ちている。そのなかで簀《す》の子《こ》に座って、汗が噴き出すのを待ち、竹の篦《へら》を使って浮き出た垢《あか》をこそげ落とす。その後、湯番の男に声をかけて桶《おけ》に湯と水をもらって、汚れを落とす。

「毎日来ているからか、垢があまり出ぬの」

竹篦で二の腕をこすりながら、左馬介が独り言を漏らした。

分銅屋くらいの大店《おおだな》になると、湯屋の代金を月ごとのまとめ払いにしている。こうすることで仕事上がりに湯屋へ行く奉公人に金を持たさずにすみ、湯屋も小銭を大量に扱わずにすむ。一カ月いくらの話し合いなので、行こうが行くまいが、値段は変わらない。だったら行かねば損だとばかりに左馬介はほとんど毎日通っていた。

「以前は十日に一度来られればよかったからなあ」

その日その日食べていくために必死だったころは、飯が優先で湯屋は贅沢《ぜいたく》であった。

さすがに夏場はもう少しこまめに来たが、それでも竹篦で身体に鉋《かんな》をかけているのかと思うほど垢が出た。

「たしかに、出るな」

左馬介のつぶやきに割り込みがあった。

「その声は……」

尋問で嫌というほど聞かされたのだ。左馬介はすぐに声の主が佐藤猪之助だと気づいた。

「分銅屋の用心棒どのだな」

佐藤猪之助がにやりと笑った。

「なにをしに来た」

「湯屋に来たのだぞ。身体を洗う以外になにがある」

険しい顔をした左馬介にいけしゃあしゃあと佐藤猪之助が答えた。

「そうか。そうだろうな。では、ゆっくりと堪能《たんのう》してくれ」

左馬介が居場所を変えた。

「……」

黙って佐藤猪之助が付いてきた。

「まったく」

三度居場所を変えた左馬介があきらめた。

「なあ、おまえが下手人なんだろう」

落ち着いて垢をこそげだした左馬介に佐藤猪之助が話しかけた。

「……………」

「旗本の家臣を殺したのは、おまえだな」

「……………」

依然として左馬介は無言であった。

「あの家臣の首が折れていたのは、おまえの使う鉄扇で叩かれたからだ。違うか」

「お湯をくれ」

佐藤猪之助の相手をせず、左馬介が湯屋番に掛かり湯を要求した。

「へい」

風呂の片隅に設けられている樋《とい》からぬるめの湯が流れてきた。

「いいぞ」

桶に一杯になったところで、左馬介が湯屋番に止めてくれと告げる。これを三度繰り返して、左馬介は風呂を出た。

「待ちなよ」

「触るな」

手を伸ばして左馬介の肩を押さえようとした佐藤猪之助を左馬介は制した。

「おまえはもう町方役人ではない。拙者に話しかけることも、ましてや捕まえることもできぬ。それ以上やるならば、訴えるぞ。南町奉行所へな」

「やってくれ。そのほうが話は早い。ともに御白州《おしらす》で話をしようではないか」

町奉行の前で遣《や》り取りができるのならば、かならずや左馬介の罪を暴いてみせる。

佐藤猪之助が乗り気になった。

「馬鹿が……拙者が白州へいくわけなかろうが。不逞《ふてい》な浪人が徘徊《はいかい》していると町奉行所へ苦情を出すだけよ。なぜ、おまえと白州で対決せねばならぬのだ」

「なにもないならば、白州で対決しても問題ないだろう」

佐藤猪之助が町方役人の慣用句を口にした。悪いことをしていないならば、お調べを受けても困るまい。これは町方役人の都合に添ったものでしかない。

「なにもないからこそ、行く意味はない」

拒否した左馬介が風呂を出た。

「おいっ」

佐藤猪之助が後を追ってきた。

「番頭……」

「……すいやせん」

左馬介に睨まれた湯屋の番頭が謝った。

「わかっていて通したな」

「申しわけもございません」

咎《とが》める左馬介に湯屋の番頭がうつむいた。

「分銅屋どのには報告しておく」

「……それはっ」

湯屋の番頭が顔色を変えた。湯屋は身を守るものを外して、くつろぐところである。そこの奉公人が客を売ったに等しいのだ。

「佐藤さま、お願いしたはずですが」

番頭が佐藤猪之助に責任を転嫁《てんか》した。

「もめ事は起こしておらぬぞ。吾《われ》はただ顔見知りと話をしていただけだ」

佐藤猪之助がごまかした。

「最初に申しました。出ていってください。そして二度とお見えにならぬよう」

番頭が佐藤猪之助を追い出しにかかった。

「わかっておる。衣服くらいまとわせろ」

手を引っ張って外へ連れ出そうとする番頭に佐藤猪之助が抵抗した。

「外で着ろ。もう、おめえは客じゃねえ」

得意先を一軒失う、それも上得意をとなれば、番頭の職も危うい。少しでも左馬介の気持ちを慰撫《いぶ》するために、番頭が佐藤猪之助を追い出そうとした。

「待て、待て、せめて褌《ふんどし》を……」

佐藤猪之助も焦った。

かつての縄張りに近いのだ。佐藤猪之助の顔を知っている者は多い。さすがに股間を晒《さら》したまま辻《つじ》へ出るわけにはいかなかった。

「黙れ、さっさと出ろ」

番頭も遠慮しない。

二人の押し合いがおこなわれているうちに、左馬介は着替えを終えた。

「……拙者が殺した」

足を踏ん張っている佐藤猪之助の隣を通りしな、左馬介が囁《ささや》いた。

「なっ……」

いきなりの自白に佐藤猪之助が呆然となり、力が抜けた。

「出ていきやがれ」

抵抗が消えた佐藤猪之助を番頭が蹴飛ばして放り出した。

「ちょ、ちょっとお待ちを。お詫びを」

番頭が佐藤猪之助を捨てて左馬介の後を追った。

「……殺した」

佐藤猪之助が素裸のままで呆然となっていた。

「そうか、そうか。やはりあいつか。吾の目は狂っていなかった。よし、これで返り咲ける」

喜び勇んで佐藤猪之助が手早く身形《みなり》を整えた。

「与吉《よきち》に言って、あの用心棒をお縄に」

佐藤猪之助がかつて十手《じって》を預けていた御用聞き、五輪《いつわ》の与吉のもとへと急いだ。


〈つづく〉

本書は、ハルキ文庫のための書き下ろし作品です。

時代小説文庫
う 9-7

日雇《ひやと》い浪人生活録《ろうにんせいかつろく》七 金《かね》の記憶《きおく》

著者 上田秀人《うえだひでと》
2019年 5月18日第一刷発行

発行者 角川春樹

発行所 株式会社 角川春樹事務所
〒102-0074 東京都千代田区九段南2-1-30 イタリア文化会館

電話 03(3263)5247[編集] 03(3263)5881[営業]

印刷・製本 中央精版印刷株式会社

フォーマット・デザイン&シンボルマーク 芦澤泰偉

ISBN978-4-7584-4255-8 C0193 ©2019 Hideto Ueda Printed in Japan
http://www.kadokawaharuki.co.jp/[営業]
fanmail@kadokawaharuki.co.jp[編集] ご意見・ご感想をお寄せください。